L'EXÉCUTEUR

PANIQUE A PHILADELPHIE

DU MÊME AUTEUR

CHEZ LE MÊME ÉDITEUR

L'EXÉCUTEUR : GUERRE À LA MAFIA
L'EXÉCUTEUR : MASSACRE À BEVERLY HILLS
L'EXÉCUTEUR : LE MASQUE DE COMBAT
L'EXÉCUTEUR : TYPHON SUR MIAMI
L'EXÉCUTEUR : OPÉRATION RIVIERA
L'EXÉCUTEUR : ASSAUT SUR SOHO
L'EXÉCUTEUR : CAUCHEMAR À NEW YORK
L'ÉXÉCUTEUR : CARNAGE À CHICAGO
L'EXÉCUTEUR : VIOLENCE A VEGAS
L'EXÉCUTEUR : CHÂTIMENT AUX CARAÏBES
L'EXÉCUTEUR : LE BLITZ DE BOSTON
L'EXÉCUTEUR : FUSILLADE À SAN FRANCISCO
L'EXÉCUTEUR : LA PRISE DE WASHINGTON
L'EXÉCUTEUR : LE SIÈGE DE SAN DIEGO

A paraître :

L'EXÉCUTEUR : LE TOCSIN SICILIEN

DON PENDLETON

L'EXÉCUTEUR

PANIQUE A PHILADELPHIE

TRADUIT DE L'AMÉRICAIN
PAR MIKE MARSHALL

PLON

Titre original américain :

Nº 15 THE EXECUTIONER : PANIC IN PHILLY

Published by arrangement with PINNACLE BOOKS, INC.
275 MADISON AVENUE, NEW YORK.
NY 10016 U.S.A.

Librairie Plon. S.A.S. Productions.

ISBN : 2 - 259 - 00217 - X

Au docteur O. A. JULIAN
prestigieux président des
Cahiers de Biothérapie.

CHAPITRE PREMIER

La ville de Philadephie commença à paniquer par un beau matin printanier lorsqu'elle vit arriver la Mort à pas feutrés, toute vêtue d'un linceul noir, se faufilant comme l'ombre du destin.

Elle se glissa dans l'arrière-salle de *Cappy's Liberty Garage*, et permit aux cinq hommes qui s'y étaient réunis de la contempler un bref moment.

Al « The Mouth » Di Lucci fut le premier à réagir. Il s'écria :

— Doux Jésus ! C'est...

Puis il s'écarta vivement de la table bancale sur laquelle se trouvaient les liasses de dollars.

Un PM aboya rageusement, coupant court à son cri. Al « The Mouth » encaissa une cohorte de petits projectiles brûlants dans le cou et dans les épaules, et il se retrouva projeté vers l'éternité.

Les quatre autres cibles s'étaient élancées dans une fuite éperdue, deux d'entre elles plongeant la main dans leur veste pour y récupérer leur arme.

La rafale ininterrompue continua sa course pour faire éclater le coude d'Iron Mike Cappolini qui venait de dégager son revolver. Le .38 décrivit un arc à travers le petit bureau, s'étant échappé des doigts inertes, pour fracasser la baie vitrée opaque qui séparait l'arrière-salle du garage. Mais le constant crachat du PM avait pris une nouvelle direction, et le cou d'Iron Mike explosa en un jet rouge. Le grand type tomba à genoux puis s'effondra dans la flaque de son propre sang.

Jack « The Barman » Avanti parvint à tirer deux coups de feu dans la direction du PM tandis qu'il sprintait comme un lièvre vers la sortie de secours. Puis la Mort le rattrapa, le poussa brutalement vers le mur en brique et l'y abandonna comme un tas d'immondices.

John Brunelli et Ham Magliocci, des hommes de main connus pour leur cruauté brutale à travers les quartiers sud de Philadelphie, encaissèrent leur part de balles tandis qu'ils tentaient en vain de se réfugier derrière la table qui servait de support aux fruits de leurs labeurs criminels. Involontairement, Magliocci balaya la table de son bras mort lorsqu'il s'affaissa. Les deux hommes de main et le butin formèrent un monticule funeste aux pieds de la table.

La Mort avait agi si rapidement dans *Cappy's Liberty Garage* qu'un mécanicien et un client se tenaient encore derrière le panneau éclaté du bureau lorsque la fusillade se tut enfin. Ils étaient bouche bée, figés comme des statues.

Hagards, les yeux rivés sur le carnage voisin, les deux hommes réagirent instinctivement, levant rapidement les mains au-dessus de la tête. L'homme en noir leur accorda calmement son attention.

Plus tard, ces hommes évoqueraient le souvenir du regard glacial de la Mort, en constatant que l'expression de son visage les avait effrayés encore plus que son acte. Elle était vêtue d'une combinaison de combat noire, harnachée de ceinturons et de cartouchières auxquels était suspendu un assortiment d'armes et de grenades. Le PM était suspendu par une corde autour du cou et des épaules. Ses yeux, d'un bleu givré, semblaient les transpercer d'une lueur diabolique. Sans expression, le visage semblait avoir été façonné dans un bloc d'acier.

L'homme baissa imperceptiblement le canon du PM puis lança tranquillement à travers la vitre brisée un petit objet métallique qui tomba gaiement aux pieds des deux hommes terrifiés.

— C'est pour Don Stefano, leur annonça une voix de glace. Dites-lui que c'est fini. Dites-le-lui.

Puis il disparut, se fondant avec les ombres au fond du bureau.

Il s'était écoulé dix secondes depuis le premier coup de feu.

Les deux témoins involontaires de l'incident n'osèrent pas bouger d'un centimètre avant d'avoir entendu s'ouvrir puis se refermer la porte. Finalement, le client fit un pas incertain en arrière et chuchota d'une voix effarée :

— Vous avez vu ce mec !

Le mécanicien s'agenouilla, tendit une main toute tremblante, récupéra le petit objet à ses pieds. La vue d'une médaille de tireur d'élite lui coupant le souffle.

— Ouais, fit-il tout doucement, c'était lui...

— Quoi ? Qui ?

— C'est une médaille de tireur d'élite. La Mafia va trinquer maintenant.

— Vous voulez dire que c'était Mack Bolan, ce type ? demanda le client qui n'en revenait pas. Celui qu'on appelle l'Exécuteur ?

Il se pencha par-dessus le mécanicien pour voir de plus près.

— Et ce garage n'est qu'une couverture pour la Mafia ?

— *C'était* une couverture, précisa doucement le technicien en regardant vers les morts dans le bureau délabré. Mais comme a dit l'autre, c'est fini.

Ce qui n'était pas tout à fait exact.

Mack Bolan aurait pu en témoigner.

La panique à Philadelphie ne faisait que commencer.

CHAPITRE II

Dans une ville du Massachusetts, à plusieurs centaines de kilomètres de Philadelphie, un important *mafioso* faisait les cent pas dans son bureau qui se trouvait au sommet d'un immeuble du centre.

De taille et de corpulence moyennes, il avait une trentaine d'années et une belle gueule. Il avait de beaux yeux sombres qui exprimaient tour à tour amitié ou colère, gentillesse ou méfiance spéculative.

Il s'appelait Turrin. On l'appelait souvent Leo « The Pussy » — Leo la Chatte — mais jamais devant lui.

Leo Turrin était le neveu de feu Sergio Frenchi qui avait été le *capo* du Massachusetts avant de commettre la gaffe du siècle — car c'était chez lui que Mack Bolan avait déclaré la guerre à la Mafia.

L'oncle Sergio était mort au cours des hostilités, la famille s'était quasiment dissoute. Leo « The Pussy » avait rallié les forces éparpillées de cette branche de l'Organisation. En conséquence, il était devenu un important personnage.

Comme Bolan, Turrin était un ancien du Vietnam. Avant d'effectuer son service militaire, il avait résisté aux efforts de son oncle qui avait tenu à le faire entrer dans la famille en lui promettant monts et merveilles. Ayant passé son enfance entouré par les hommes du Milieu, Leo les avait pris en horreur : il détestait la Mafia et tout ce qu'elle représentait. Pourtant, revenu du Vietnam — forcément endurci — Turrin entra dans la famille de Frenchi. Aucun membre ne savait qu'il y venait comme agent fédéral.

Cette « infiltration » était l'une des plus belles réussites parmi les efforts de la police pour vaincre le Milieu. Grâce à sa parenté avec le vieux Sergio, Turrin gravit rapidement l'échelle du pouvoir à Pittsfield. Il avait marché sur la corde raide pendant cinq ans, il était devenu *caporegime* lorsque Mack Bolan fit sa première apparition.

Ce guerrier rageur avait décimé le petit royaume de l'oncle Sergio à coups d'éclair et de tonnerre, et il avait failli déloger Turrin par la même occasion. Heureusement, quelques minutes avant la fin, il avait appris la véritable identité de Turrin et l'avait épargné. Mais grâce au blitz, le flic put augmenter son emprise sur la famille, et son prestige au sein de l'Organisation en fut accru sur un plan national.

Et, parmi les ruines fumantes, une amitié terrible et effrayante était née entre les deux anciens soldats.

Turrin ne se voyait ni comme flic ni comme *mafioso*, et son amitié pour Bolan ne lui posait aucun problème moral. Il était flic... mais pas vraiment. Il était *mafioso*... mais pas vraiment. La seule chose vraie dans son existence double était le sentiment fraternel qu'il éprouvait pour celui qui était considéré comme l'ennemi numéro un, par la police comme par la Mafia. Aux yeux de Leo Turrin, il s'agissait seulement du plus extraordinaire être humain au monde. Certes, il n'était pas parfait, il n'était pas infaillible, mais il était extraordinaire.

On ne rencontrait pas un Mack Bolan tous les jours, ni tous les ans, ni tous les siècles. Les Mack Bolan étaient des hommes rares, on pouvait énumérer ceux du passé comme ceux du présent sur les dix doigts de l'humanité.

Et Leo Turrin se faisait beaucoup de mauvais sang au sujet de Mack Bolan.

Personne, même Bolan, ne connaissait l'étendue des forces qui s'opposaient à l'Exécuteur. Turrin était bien placé pour connaître la situation dans les deux camps... et il y avait de quoi frémir. Il faisait les cent pas depuis plusieurs jours, se posant des questions, se demandant quand les mâchoires du piège se refermeraient sur le seul homme qui constituait une menace pour la *Cosa Nostra.*

Ce fut donc par un après-midi printanier qu'il reçut l'appel.

Le garde du corps de Turrin, un affreux nommé Hot Stuff Ribiello, répondit au téléphone et marmonna à voix basse quelques mots.

— J'sais pas, j'vais voir, fit-il au bout de quelques instants.

Il lança un regard vers Turrin qui restait impassible.

— Un appel « longue distance » en P.C.V. Pour toi, patron. Un gars qui s'appelle La Mancha. Tu le prends ?

— Je ne connais pas de La Mancha, répondit froidement le jeune patron de Pittsfield.

— Il connaît pas de La Mancha, annonça Ribiello à la standardiste. Dites au cave d'aller se faire voir.

— Qu'il se paye un jeton, lança Turrin.

— Qu'il se paye un jeton, répéta fidèlement le sbire.

Il se mit à rire puis raccrocha.

— Y'a des mecs qui s'en font vraiment pas. Moi, j'ai jamais de ma vie passé un appel en P.C.V.

— Tant mieux pour toi, gronda Turrin.

Il se massa la nuque et ensuite la gorge.

— J'en peux plus, dit-il à son garde du corps. J'ai besoin de sortir prendre l'air.

Turrin se dirigea vers la porte, Ribiello lui emboîta le pas.

— Pas toi, grinça Turrin. Reste ici. J'attends un coup de fil de Jake. Prends son numéro, dis-lui que je le rappelle.

— Traîne pas dans les mauvais quartiers, rétorqua avec humour le garde qui reprit son fauteuil d'un air ravi.

Turrin poussa un grognement narquois puis sortit dans le couloir. Il alluma une cigarette et attendit l'ascenseur avec une patience feinte. Une fois au rez-de-chaussée, il échangea quelques mots avec la jeune femme qui tenait le kiosque de journaux puis se dirigea à travers le hall, sortit par la porte de service, traversa le parking, s'arrêtant ici et là pour respirer à fond et faire des mouvements d'assouplissement.

Exactement cinq minutes après l'appel refusé de La Mancha, Turrin arriva près d'une cabine téléphonique, à une centaine de mètres de son bureau, juste à temps pour décrocher le combiné qui sonna aussitôt.

— T'as pris ton temps, grogna-t-il.

Un petit rire appréciateur retentit à l'autre bout du fil, une voix calme lui répondit :

— J'ai reçu ton message il y a à peine vingt minutes. Y'a un problème ?

— C'est toi le problème, mon vieux, grinça Turrin. Tout le monde en veut à tes fesses. J'espérais que tu téléphonerais avant...

— Trop tard, déclara Don Quichotte de La Mancha qui n'était autre que Mack Bolan.

— Ouais, c'est ce que j'ai appris, dit Turrin d'une voix sinistre. Tu aurais pu aller n'importe où, sergent. Mais il ne fallait vraiment pas faire un tour à Philadelphie. Kansas City, Dallas ou Phoenix, d'accord... même Saint Louis ou Detroit. Mais pas ici, pas à Philadelphie : c'est là qu'on t'attendait, c'est là qu'on renforce les...

— Je sais, et c'est pourquoi je suis venu, Leo.

— Evidemment, ça coule de source.

— T'avais seulement envie de me faire la morale, maman, ou tu voulais me donner un tuyau ?

— Un message. Ton copain à Washington. Il te fait dire qu'il faudrait prendre des vacances.

— Brognola ?

— Oui. Il marche sur une corde raide. Officiellement, il dirige la campagne anti-Bolan. Officieusement, il tremble chaque fois qu'il pense à toi. Mais tu connais Hal. Le boulot c'est le boulot.

— Je n'aurais aucun respect pour lui si c'était autrement, murmura Bolan.

Turrin l'entendit soupirer et allumer une cigarette, puis souffler la fumée.

— Je redeviens le gibier, hein ?

— Pis encore. Ça chauffe en haut. Il y a un comité du Congrès qui rue dans les brancards. Hal croit que le moment est venu de te reposer. Il m'a affirmé qu'il faisait très beau en Argentine à cette époque de l'année.

Un rire glacial retentit au bout du fil.

— Mais la chasse y est mauvaise.

— Très juste, fit le *mafioso* de Pittsfield en réprimant un frisson. Bon, écoute...

Un moment plus tard, après un petit silence, Bolan répondit :

— Oui, j'écoute.

— Quitte Philadelphie tout de suite. Don Stefano se préparait pour t'accueillir. D'après les rumeurs, il a fait importer une armée uniquement pour te tuer. Je crois...

— Importée. D'où ça ?

— Du pays. De la Sicile. Des mauvais...

— *Gradigghia,* marmonna Bolan.

— Oui, c'est ce mot-là. Et je vais t'en apprendre un autre. *Malacarni.* Ce sont des gars super-méchants, capables de tout. Ces *gradigghia* du pays, ces bandes de Siciliens ne sont composées que de mecs comme ça. Ils sont très, très mauvais.

— Je l'avais déjà entendu, fit Bolan. Comment les font-ils entrer aux Etats-Unis ?

— Par le Canada, la plupart du temps. Ce sont les patrons à New York qui ont commencé. J'ai appris qu'Augie Marinello s'est chargé du renouvellement constant des effectifs. Et le vieux Stefano Angeletti en fait autant. Il a...

— Ils manquent de tueurs indigènes ?

— Tu es bien placé pour le savoir, déclara sérieusement Turrin. En tout cas, Don Stefano a engagé une armée de torpilles. Et il ne les a pas fait venir pour lui servir le thé.

— Merci, Leo. Je m'en souviendrai. Eh bien...

— Attends, ne raccroche pas encore. Un mot de plus, mais de moi, pas de Brognola. Il n'y a pas que l'armée de Don Stefano. On réunit des flics de partout. Des villes, des comtés, de l'Etat et des fédéraux. Je les observe depuis un bon moment. Ils ont vraiment l'intention de t'avoir cette fois, vieux.

La voix de Bolan devint sérieuse pour la première fois, et il parla tout bas.

— Personne n'est éternel, Leo. Je dois me battre là où se trouve l'ennemi.

— Eh bien, tu as choisi l'endroit idéal.

— C'est le but à atteindre, n'est-ce pas ?

— Ouais, soupira Turrin. C'est une de tes habitudes, malheureusement. O.K. A toi de jouer, moi, je voulais seulement te prévenir de ce qui t'attend.

— Merci, Leo. Et pendant que nous y sommes, donne-moi un renseignement.

— Quoi ?

— Une faille.

— Eh bien...

Turrin réfléchit.

— Le fils, je pense. Le gosse de Don Stefano, Frank Angeletti. Le vieux le prépare pour la succession, mais personne n'aime son choix.

— Pourquoi, il n'est pas assez tordu ?

Turrin émit un petit rire ironique.

— Ce n'est pas ce qu'on pourrait appeler un homme fort. Il n'a pas l'étoffe d'un *capo,* sergent.

— Bon, c'est utile à savoir. Et la fille ?

— Parfois, rétorqua Turrin, je me demande qui renseigne qui. Je parie que tu connais mieux la famille Angeletti que le vieux Stefano lui-même.

Un rire sibérien lui fit écho.

— Alors, Leo ?

— Ecoute, je vais te dire une bonne chose. Si les *mafiosi* n'étaient pas des antiféministes, Don Stefano ferait mieux de passer la main en faveur de sa fille. Elle représente tout ce qu'il aurait souhaité chez son fils.

— Cela confirme mes renseignements. Merci encore, Leo. Un truc de plus...

Turrin savait de quoi il s'agissait. Le truc en question était de savoir comment se portaient Johnny, le petit frère de Bolan, et Val, la fille qu'il aimait.

— Ils vont bien, répondit Turrin. Ils...

— Bon, tant mieux, ne m'en dis pas davantage. Je ne sais pas comment je ferais sans toi, Leo.

— Tu parles ! lança Turrin sur un ton narquois.

Mais la communication avait été coupée, un sifflement sourd vibrait dans son oreille.

Turrin poussa un soupir, raccrocha, ressortit au grand air, le soleil le réchauffa : Bolan le faisait toujours frissonner.

Pourtant, ce type ne pourrait pas continuer éternellement, il l'avait dit lui-même. Et sans doute ne survivrait-il pas à Philly. Pas contre les *malacarni* d'une *gradigghia*, pas contre tous les flics de la Pennsylvanie...

Et merde !

Leo « The Pussy » s'étira, redressa les épaules, partit d'un pas sûr vers son bureau.

En attendant, l'armée d'Angeletti ferait bien de prendre garde : Bolan était lui aussi un mauvais, un *malacarni*.

CHAPITRE III

Naturellement, Bolan avait déjà eu vent de l'importante arrivée de tueurs siciliens. La Mafia américaine regonflait ses effectifs décimés.

C'était à prévoir.

Capone, Luciano et Anastasia avaient été des hommes de leur époque, des êtres durs et cruels. Leur éducation venait de la rue, car ils s'étaient fait une place au soleil lorsque les Italo-Américains représentaient les bas-fonds de la société américaine. Dans ces temps-là, lorsqu'un jeune voulait quelque chose, il le prenait tout simplement, en se fichant des conséquences.

Mais les temps avaient bien changé.

Les ghettos étaient maintenant habités par les Noirs et les Portoricains, sans parler de tous les autres émigrants démunis qui faisaient des quartiers pauvres une véritable tour de Babel.

Les gangs irlandais étaient partis.

Les gangs italiens étaient presque tous partis.

Les gangs juifs étaient partis.

Et ceux qui restaient, les Noirs et les autres, ne parvenaient pas à s'organiser, car il n'y avait pas parmi eux des Luciano, des Lansky, des Schulz, des Legs Diamond ou des Mad Dog Coll. Ils étaient handicapés aussi par la hiérarchie de la société criminelle moderne. Les anciens se trouvaient au sommet de la pyramide, ceux-là mêmes qui s'étaient frayé un chemin à coups de pic ou de pelle au cours de la crise des années 30, ces Italiens vifs, rageurs et affamés.

Ces hommes-là dominaient toujours les territoires soumis au régime du crime organisé.

Mais ils vieillissaient.

Et leurs héritiers n'étaient pas faits de la même étoffe. Ils n'avaient jamais eu faim, ils n'avaient pas connu le désespoir, ils n'avaient jamais ressenti le besoin de bouffer leurs semblables pour survivre.

Par rapport au bon vieux temps, la Mafia s'était laissée aller.

Le succès et la facilité avaient corrompu le *mafioso.*

A présent, il ne voulait rien risquer. Il tenait à son confort. Il voulait *obtenir* sans *risquer, garder* sans *se battre, réussir* sans *essayer.*

Alors il engageait des Noirs et des Portoricains pour accomplir un travail qu'il dédaignait.

Evidemment, ça ne marchait pas. Les *mafiosi* avaient perdu le sens de la solidarité fraternelle. Il découlait de ce fait que l'Organisation avait perdu ses dents et ses muscles. Les petites gouapes à trois sous se foutaient bien de l'*omertà,* de l'honneur et de la discipline.

C'étaient l'esprit féroce, la méchanceté légendaire, la violence inouïe du *mafioso* qui avaient fait de lui le maître indiscuté de la jungle citadine.

Le *mafioso* américain moderne ne possédait pas ces « qualités ».

De plus, on ne devenait pas *capo* en se faisant aimer. On le devenait parce qu'on était plus cruel, plus craint que les autres. C'était tout simple.

Evidemment, il y avait encore des durs, Bolan aurait pu en témoigner, mais par la même occasion il en avait supprimé pas mal. Et les forces fédérales en avaient supprimé d'autres. Donc, entre les efforts de Bolan et ceux de la police, plus les disputes intestines entre les familles qui n'hésitaient pas à se déclarer la guerre ou la *vendetta,* le processus d'élimination marchait bon train. Bolan ne fut pas le moins du monde surpris d'apprendre que l'organisation renflouait son ensemble avec un sang nouveau venu du pays.

En Sicile on était toujours au bon vieux temps.

Les villages montagnards et les ruelles

étroites des villes où l'*Onorata Società,* la Mafia, avait vu le jour, pouvaient fournir quantité de *malacarni,* de soldats qui vivaient encore sous l'emprise de la discipline, de l'*omertà* et de la loyauté inconditionnelle envers son *capo.*

Il y a quelques années, lorsque les *mafiosi* américains de naissance avaient éprouvé un profond mépris pour les émigrés du pays, ils les surnommaient « les gominés » ou « les moustachus ».

Plus maintenant.

On accordait à présent aux nouveaux émigrés un respect considérable; même les hommes qui devaient être remplacés leur laissaient le haut du pavé. Augie Marinello, le plus puissant des *capi* new-yorkais, avait été le premier à faire venir des hommes de main du pays. Pour commencer il en avait fait venir quelques-uns pour des tâches précises, ensuite il les avait gardés pour gonfler ses effectifs.

Ces hommes avaient prouvé qu'ils étaient des maîtres assassins. De plus ils étaient d'une loyauté absolue envers l'Organisation.

Alors, le vieil Angeletti avait fait encore mieux que Marinello : il avait fait venir des *gradigghia* entières, des bandes complètes. Il en résultait une armée telle qu'on n'en avait pas vue depuis la guerre *Castellamarese.*

D'après les renseignements de Bolan, Don Stefano n'avait pas engagé un pareil effectif de combat uniquement pour assurer sa tranquillité, mais pour servir son fils, Frank Angeletti, qui devait prochainement remplacer le vieillard comme *capo* de Philadelphie.

Pour Bolan c'était une mauvaise nouvelle. Il avait cru un moment voir la fin du combat, il avait même espéré une éventuelle victoire, mais si les *capi* pouvaient faire venir de nouvelles forces, alors l'avenir lui paraissait bien incertain.

Donc, Bolan était venu à Philly pour affronter cette menace inattendue, pour soumettre ces émigrants siciliens ou, du moins, pour en ralentir l'arrivage.

Il se devait de décourager cette initiative d'importation. S'il ne parvenait pas à convaincre par la force les *capi* qu'ils venaient de miser sur un mauvais cheval, il pourrait toujours effrayer les *malacarni* eux-mêmes. Ces hommes avaient quitté un pays ravagé par la pauvreté, ils retrouvaient des territoires neufs et jeunes. Ils avaient tout à y gagner, et presque rien à y perdre.

Bolan comptait leur prouver le contraire, ils avaient beaucoup à y perdre : la vie.

Et c'est pourquoi il était venu à Philadelphie — pour y apporter la guerre, la mort, la terreur et la panique.

L'Exécuteur était venu mettre en déroute l'ennemi étranger.

La réussite de son entreprise lui semblait peu sûre.

Leo pouvait bien avoir eu raison en disant qu'il ne tiendrait jamais le coup contre les différentes forces présentes. Mais il fallait essayer, il le fallait à tout prix.

Après sa conversation téléphonique avec Leo Turrin, Bolan retourna à la dernière version du char de guerre.

C'était une camionnette Chevrolet d'un modèle récent qui ressemblait à celles dont se servaient les techniciens des P.T.T. En fait, il y avait dans la petite Chevrolet un arsenal complet qui faisait office de Q.G. mobile. Il s'y trouvait tout ce dont l'Exécuteur aurait besoin pour faire la guerre à l'Organisation et à ses alliés.

Par-dessus sa combinaison noire il portait un ensemble de technicien.

Il avait repéré les forces principales de l'ennemi. Il avait fait connaître sa présence, et il avait déclaré la guerre.

Après avoir passé deux journées à reconnaître les environs et à mettre au point son offensive, il ne lui restait qu'à passer à l'attaque.

Le moment était venu, il était temps de faire subir aux *gradigghia* les affres de l'enfer.

CHAPITRE IV

Cela faisait trois heures qu'il les observait, scrutant chaque mouvement, prenant note de chaque allée, de chaque venue, énumérant les hommes, identifiant chaque tueur par sa taille ou son comportement.

Parmi ceux à qui il avait attribué des surnoms, il y avait Grand Rouleur et Petit Rouleur, des types qui venaient sans doute de Palerme et qui avaient dû voir un vieux film de gangsters américain; malgré leur démarche comique, c'étaient de mauvais gars.

Puis il y avait Joe le Bœuf, un personnage curieusement bâti, une tête carrée, des épaules massives, un torse puissant, le tout perché sur de longues jambes grêles, si bien qu'il se déplaçait courbé en avant comme si le poids de son corps était trop lourd pour ses pattes. Bolan se promit pourtant de rester bien à l'écart des bras épais de l'animal.

Il y avait aussi un dandy qui surveillait constamment les autres, les bras croisés. Il ne parlait à personne, et souvent il passait le revers de la main sur la bosse qui déformait son veston comme s'il voulait s'assurer que son arme était toujours là. Bolan l'avait surnommé Pète le Feu, et il avait décidé de le supprimer parmi les premiers.

Le vieil Angeletti s'était montré plusieurs fois au cours de la surveillance de Bolan, sortant dans la cour devant le grand bâtiment, interpellant certains des types, qui devaient être des chefs d'équipe, en gesticulant.

Bolan aperçut Frank Angeletti une seule fois. L'héritier du *capo* ne se déplaçait qu'avec un grand entourage de gardes du corps. Il crut aussi apercevoir brièvement un visage de femme à travers une fenêtre au premier, mais comme le soleil se reflétait sur la vitre il ne parvint pas à identifier cette personne.

Il put pourtant s'assurer d'une chose, ces hommes préparaient leurs défenses et anticipaient une attaque de nuit. Don Stefano était arrivé en trombe après avoir appris la nouvelle du désastre au *Liberty Garage*. Depuis, on se préparait fièvreusement pour recevoir l'Exécuteur. Ils avaient enterré autant de fil que Bolan en avait suspendu au-dessus de leurs têtes; ils installaient des pièges électroniques, ils creusaient des abris, ils mettaient en place des tireurs.

Bolan n'avait pas l'intention de passer par là. Il s'était hissé au sommet de tous les poteaux téléphoniques du quartier, fixant de fausses lignes pour se donner une contenance, tout en examinant le terrain à l'intérieur des murs. Il avait profité de tous les angles et il avait pu mettre au point son assaut.

Il avait décidé de passer à l'attaque de jour.

C'était au nord-ouest de Philadelphie — au-delà de Germantown, près de Fairmont Park — que Bolan avait décidé de blitzer le vieil Angeletti. Le quartier était fait de parcs, d'hôpitaux, d'hospices, d'écoles et de clubs privés.

L'éventuelle zone de combat avait jadis été le site d'une petite université privée, et le parc s'étendait sur environ deux hectares, entourés d'un vieux mur en pierre qui datait du XVIIIe. Le bâtiment principal, qui était construit sur deux niveaux en brique rouge, était recouvert de vigne, et présentait un aspect simple et élégant. Il y avait tout autour une dizaine de bungalows, construits plus récemment.

L'ensemble n'était plus une université depuis longtemps. Au début du siècle un milliardaire avait acheté le terrain pour en faire son domicile, et il en avait complètement modernisé l'aménagement intérieur. La maison était restée ainsi jusqu'au début des années 50, lorsque l'ensemble reprit sa vocation d'école. On refit des salles de classe et l'on construisit les bungalows. Ainsi, la *Fairmont School for Special Children* vit le jour.

Cette nouvelle école s'occupait d'enfants

handicapés des milieux aisés, et offrait non seulement une éducation personnalisée mais une vie familiale dans les bungalows. Il y avait dans chacun une cuisine, une salle à manger, une salle de jeu, un salon et cinq chambres doubles.

Stefano Angeletti avait racheté l'école en 1965 — à un prix qui ne se refusait pas — pour en faire cadeau à son fils, Frank, dans l'espoir que celui-ci apprendrait enfin « le sens de ses responsabilités ».

On projeta de transformer le domaine en un des plus beaux bordels des Etats-Unis sur la côte est, et dont la clientèle serait triée sur le volet, composée uniquement de VIPs. de l'industrie, des syndicats et des milieux politiques. Le vieux bâtiment fut rénové. On supprima des cloisons, on posa des sols en marbre et des fontaines d'eau et de fleurs. L'ensemble commença à ressembler au *Caesar's Palace* de Las Vegas en plus discret.

Il fut dit que le vieux Don avait dépensé plus d'un million de dollars pour mener à bien cette entreprise. On disait aussi qu'il avait déboursé des dizaines de milliers de dollars de plus pour la réfection des dix bungalows qui furent transformés pour accueillir certaines personnalités dans un cadre plus privé où l'on pouvait profiter en toute quiétude des innombrables plaisirs licencieux du lieu.

Frank en avait eu l'idée le premier. Don

Stefano avait apporté du capital, il s'était servi de son influence et de ses contacts pour ouvrir le club. Frank s'était occupé de la rénovation en passant tout son temps avec une pléiade de décorateurs. Il s'était aussi occupé personnellement du recrutement des filles, et l'on disait qu'il avait effectué de longs essais avec chacune d'entre elles. En privé.

A son apogée, le club était régulièrement envahi par des groupes d'hommes d'affaires en goguette qui s'y retrouvaient sous le prétexte fallacieux d'y faire un séminaire. D'après le dossier du F.B.I., il y avait bon nombre de fonctionnaires et d'élus parmi les membres de l'*Emperor's Key Club*.

Ce fut l'instant de gloire de Frank Angeletti : il put, momentanément, côtoyer les hommes les plus influents des Etats-Unis. Pourtant, le jeune Angeletti n'était pas de taille à faire fructifier les belles choses, et la belle affaire lui claqua entre les mains après à peine deux années.

Son erreur fut semblable à ses fautes précédentes.

Sans consulter ni son père ni quelqu'un d'autre, Frank le Gosse avait trouvé bon d'ajouter un juge fédéral à la liste secrète des membres du club; il lui envoya d'office une belle clé avec ses initiales gravées dessus et un carton d'invitation sur lequel on pouvait lire : « Pour une séance très spéciale dans le Théâtre en Rond. »

Cette malencontreuse initiative lui fut fatale, car elle constituait un sérieux manque de flair. Peut-être n'était-il jamais venu à l'esprit de Frank qu'un homme pouvait ne pas avoir envie de faire partie de la clientèle du plus beau bordel de la côte est, et ne pas comprendre l'honneur qu'on lui faisait.

Sans se douter de rien, le juge arriva le soir dit, mais, hélas, en compagnie de son épouse et de leur fille. Le portier effaré ne savait pas ce qu'il convenait de faire dans ces circonstances, et Frank était introuvable.

Le juge et sa famille s'allongèrent sur des divans moelleux entourés de corbeilles de fruits et de seaux de vins dans un cadre de jardin romain, tandis que le rideau de la scène se levait sur Queue d'Ane le Magnifique et son harem agile.

Queue d'Ane était le seul homme parmi la troupe de dix, mais il fut évident après quelques minutes qu'il n'avait aucunement besoin d'aide et qu'il était le plus agile du harem.

Le juge, sa femme et sa fille battirent frénétiquement en retraite tandis que Queue d'Ane se démenait vaillamment et prouvait à coups de boutoir qu'il était possible d'empaler neuf houris simultanément, ou presque.

Trente minutes plus tard, le club fut envahi par une cohorte de policiers de la Mondaine, et même le vieil Angeletti ne put rattraper le coup, bien qu'il ait réussi à faire retirer des fiches le nom de plusieurs personnalités importantes.

L'*Emperor's Key Club* disparut du jour au lendemain. Frank le Gosse, qui n'avait pas plus de trente-deux ans à l'époque, poursuivit son petit chemin et passa de catastrophe en désastre. Angeletti père soupira, et continua à espérer qu'un jour le petit découvrirait le sens des responsabilités.

Depuis lors, le domaine au nord-ouest de Philly était resté vide.

A présent c'était devenu le camp d'entraînement des recrues du Don. Ils étaient cinq par bungalow, et les dix bungalows étaient tous occupés. On se servait aussi du grand bâtiment principal qui abritait une fois de plus une espèce d'école. C'était logique. La plupart de ces gars ne parlaient pas un mot d'anglais. S'ils devaient éviter des ennuis à cause de leur entrée illégale aux Etats-Unis, il leur faudrait bien comprendre un peu ce que l'on racontait dans ce pays. Il leur faudrait aussi une nouvelle identité. Le Don savait très bien s'occuper de ce genre de détail. Il leur faisait faire leurs classes. Pour certains, c'était la première fois de leur vie.

Enfin Bolan se trouva satisfait, il connaissait l'étendue du parc et le nombre de soldats. Le soleil basculait lentement à l'ouest, et les ombres s'allongeaient dans le parc de l'enclos de la *gradigghia*.

Il fixa la dernière fausse ligne puis se laissa

glisser jusqu'au pied du poteau. Il avait choisi exprès ce poteau pour terminer, car celui-ci se dressait devant l'entrée principale, de l'autre côté de la rue.

Il traversa lentement la rue, défit les crampons dont il s'était muni, commença une conversation unilatérale avec l'un des Siciliens, un jeune d'environ vingt-cinq ans, qui se tenait derrière la grille et qui faisait de son mieux pour ne pas ressembler à une sentinelle.

Bolan indiqua le poteau dont il venait de descendre d'un mouvement de tête, puis lança :

— Fait chaud pour l'hiver, hein ? Je crois qu'il va neiger ce soir.

Le printemps battait son plein, le ciel était limpide et la température avoisinait les vingt degrés.

Mais le grand gaillard sourit à Bolan, fit un geste qui pouvait aussi bien vouloir dire « oui » que « non » et étendit les bras.

Bolan lui sourit aussi.

— Ben voilà, fit-il. Je savais bien que tu étais con. Et si je te cassais la gueule, qu'en dis-tu ?

L'homme continua à sourire aimablement.

— Vous avez raison, répondit l'homme avec une énonciation impeccable.

Il sourit de plus belle, se gratta la poitrine puis repartit vers la grande maison.

Mais cet homme n'était pas con du tout, loin de là. Il s'en était merveilleusement bien sorti, ayant suivi le sens de ce que Bolan lui avait dit d'après son expression faciale, et la réponse qu'il avait faite n'aurait pas surpris un homme normal avec lequel on échange trois phrases.

Mais il était évident qu'il n'avait pas compris un traître mot.

Et il y en avait cinquante comme lui derrière ce mur.

La tension de l'avant-combat commençait à envahir Bolan, il avait les poumons qui se bloquaient, le cœur qui se serrait.

Ce serait dur, cette fois.

L'Exécuteur remonta dans le char de guerre, retira la salopette et commença à vérifier ses armes.

Un assaut en plein jour.

Cinquante types qui n'avaient rien à perdre.

Il lui faudrait exercer une grande prudence et compter chaque seconde.

La moindre erreur pouvait lui être fatale. Le temps de la mort était venu — celle de ses ennemis ou la sienne.

Mais Bolan avait décidé qu'il s'agirait de la leur.

CHAPITRE V

Il escalada le mur et se laissa tomber dans l'enceinte derrière l'un des bungalows, presque dans l'un des abris rapidement creusés.

Une tête se dressa, contemplant avec horreur l'homme en noir, bardé de munitions, et une bouche s'ouvrit pour donner l'alerte.

Le Beretta toussa silencieusement et le cri fut bloqué entre des mâchoires fracassées. Un sourd gémissement plaintif s'éleva doucement, mais la Mort noire était déjà repartie.

Il était passé à l'attaque au meilleur moment, car la plupart des hommes se trouvaient dans la grande maison, attablés devant un repas hâtif lors d'un ultime *briefing*.

Les hommes de l'extérieur, au nombre de dix, continuaient les préparatifs pour la nuit.

Bolan portait le terrifiant Auto-Mag .44 sur la hanche droite et le fidèle Beretta muet sous l'aisselle gauche. Il avait suspendu un PM à son épaule, ses ceinturons étaient bourrés de grenades et de bombes incendiaires.

Des bombes à fumée se trouvaient dans des pochettes sur ses cuisses, et il avait enroulé des longueurs de plastique autour de son cou.

Quand un homme monte à l'assaut tout seul, il doit porter toutes ses munitions. Au cours d'une telle entreprise, il fallait réussir à la première tentative.

Bolan était venu préparé.

Après trente secondes, il avait déjà réussi à coller le plastique sur les parois de quatre bungalows avec les détonateurs réglés à quatre-vingt-dix secondes.

Après trente-cinq secondes il se trouvait entre les deux bungalows au centre du parc; à cet instant Pète le Feu sortit de la cour sur le côté du bâtiment principal, tenant un sandwich de la main gauche, caressant son arme de la droite.

Il s'arrêta net, les yeux hagards, puis il balança le sandwich par-dessus son épaule, arracha tous les boutons de son veston pour accéder plus rapidement à son revolver.

Bolan se trouvait à cinquante mètres de lui. Instinctivement, il saisit l'Auto-Mag et effleura la détente avant même d'avoir allongé le bras.

Pète le Feu s'immobilisa comme s'il s'était cogné contre un mur invisible. Il mourut tandis que Bolan murmurait : « Trente-neuf », et tomba, la main droite mutilée, le cœur arraché par la grosse balle meurtrière.

Le coup de tonnerre de l'Auto-Mag provoqua une riposte immédiate.

Mais l'homme en noir n'avait pas une seconde à perdre. Il ignora les jappements coléreux de plusieurs armes de petit calibre, continua son chemin.

D'une trentaine de mètres il envoya une grenade à fragmentation à travers une grande fenêtre du bâtiment principal, puis lança aussitôt une bombe incendiaire. La vieille maison fut secouée par les deux explosions, et un torrent de feu et de flammes jaillit par l'ouverture béante.

A quarante-sept secondes il leva le PM pour s'occuper des hommes qui commençaient à l'ennuyer avec leurs revolvers. Il obligea deux d'entre eux à plonger à l'abri d'un bungalow sur la gauche, et cribla d'une rafale en huit un *malacarni* qui sprintait vers lui.

Au cours de cet échange un fusil apparut au premier étage, Bolan se retrouva subitement au centre d'un nuage de petits plombs.

Heureusement, la personne qui maniait le fusil avait omis de régler le champ des plombs, et ceux qui atteignirent Bolan ne lui firent aucun mal.

Il haussa l'épaule, surpris par les piqûres inattendues, puis leva le PM pour arroser toutes les fenêtres du premier étage. Le fusil dégringola dans la cour dans une nuée d'éclats de verre, mais personne ne se montra plus aux fenêtres.

Soixante-dix. A coups d'Auto-Mag, il avait réussi à persuader les hommes armés à l'intérieur du bâtiment principal d'y rester. Il choisit cet instant pour cesser les hostilités et se replier à travers les bungalows vers le mur par-dessus lequel il était arrivé.

Mais on le poursuivait de près, hargneusement. De surcroît, il vit un personnage familier agenouillé devant lui au-dessus du trou d'homme où était morte la première victime de l'attaque, lui barrant le chemin.

A quatre-vingt-cinq il expédia un 44 Magnum dans le front de Grand Rouleur tandis que ce dernier levait sur lui un regard incrédule. Puis Bolan escalada le mur et s'accroupit derrière, les yeux rivés sur la face noire de son chronomètre à quartz.

Silencieusement, il compta quatre-vingt-dix, et les quatre bungalows piégés s'élevèrent simultanément vers le néant, emportant avec eux un bon nombre de *malacarni*.

Il rangea l'Auto-Mag, traversa tranquillement la rue, monta au volant du char de guerre et quitta doucement le quartier.

Au croisement d'une rue de Germantown Avenue il se rangea de côté pour laisser passer les pompiers et les voitures de patrouille qui élevaient leurs hurlements stridents. Dès que ces véhicules se furent éloignés sur la route qu'il venait d'emprunter, Bolan consulta sa montre. Il essuya distraitement une goutte de sang qui perlait sur sa joue.

— Banco, murmura-t-il doucement.

Mais il n'y avait pas de quoi pavoiser : s'il avait dépassé le décompte de quelques secondes, il aurait trouvé la mort à coup sûr. Et la partie n'était pas jouée.

Non, rien n'était joué à Philadelphie. De plus, il n'y aurait pas de mi-temps, car Bolan s'était déjà lancé vers son prochain rendez-vous avec les *mafiosi* d'Angeletti.

CHAPITRE VI

Au début de l'attaque, Stefano Angeletti se trouvait à table en compagnie de son fils, Frank, et de deux de ses lieutenants, Carmine Drasco et Jules Sticatta.

Un écriteau, accroché au mur au-dessus de leur tête, prescrivait :

PARLEZ EN ANGLAIS

PENSEZ EN ANGLAIS

Les soldats attablés dans la grande salle commune devaient être bien intimidés par ces ordres, car ils ne pipaient mot. Ils dévoraient en silence des morceaux de sandwichs au rosbif et buvaient du gros rouge italien tandis que les *capi* leur donnaient les derniers mots d'ordre pour la nuit.

Un instant plus tôt, passant outre l'une de ses propres règles, Frank Angeletti avait lancé à un chef d'équipe en dialecte sicilien :

— *Scrusci-scrusci.*

Cela voulait dire « chaussures grinçantes »,

mais dans le vieil argot de la Mafia sicilienne cela voulait dire « un éclaireur sûr ».

L'homme se leva et sortit, un sandwich à la main.

Ce fut immédiatement l'enfer et les détonations monstrueuses d'une arme puissante.

Frank le Gosse se figea, un verre de vin à mi-chemin entre la table et ses lèvres, regarda furtivement les autres d'un air paniqué.

Papa Angeletti s'était dressé d'un bond instinctif, il fixait la fenêtre qui donnait sur la cour.

Les soldats s'écrièrent, consternés et surpris.

Puis la maison fut secouée par une double explosion, la porte fut arrachée de ses gonds et un épais nuage de fumée et de poussière de plâtre envahit la salle.

Immédiatement après, la bombe incendiaire fit son apparition, les soldats bondirent dans tous les sens pour se planquer.

En quelques secondes la salle ressembla à une ruine, la table renversée, les chaises rejetées, les hommes affolés qui cherchaient par tous les moyens comment éviter les éclats vifs de la bombe incendiaire.

— Allez ! s'égosillait Don Stefano. C'est l'attaque ! Sortez ! Sortez d'ici !

C'est alors qu'un des gardes du corps étrangers de Frank tituba à travers le trou béant laissé par la porte inexistante et s'effondra, en sang et en flammes, aux pieds de ses compatriotes après leur avoir lancé un regard désespéré.

Jules Sticatta voulut l'enrouler dans une nappe, mais la nappe prit feu aussitôt et communiqua les flammes aux vêtements de Jules.

Don Stefano et l'autre lieutenant se précipitèrent pour sauver Sticatta tandis que Frank restait cloué sur place, terrifié par la scène, avec une terrible envie de vomir à cause de l'odeur de la chair calcinée.

Tout le camp n'était plus que coups de feu, car dès que la bombe eut fait son œuvre les rafales d'un PM se firent entendre.

Frank entendait hurler ses hommes dans le parc, criant en dialecte. Quant aux soldats qui se trouvaient à l'intérieur, ils avaient fait une halte prudente près des portes du patio pour voir ce qui les attendait au-dehors.

— *Ncarugnuti !* Lâches ! s'écria Frank. Allez-y ! *Va ! Va !*

Le *ba-loum* d'un fusil au-dessus de sa tête noya la plupart de ses mots, mais un homme ouvrit une porte et quelques Siciliens sortirent, pliés en deux. Ils rentrèrent aussitôt sous la grêle de verre qui était tombée de l'étage supérieur.

C'est alors que Frank put brièvement voir et observer le grand salopard qui se tenait dans la cour à découvert comme pour les inciter à l'affronter. Il tirait coup sur coup sur la marée humaine près de la porte avec un gigantesque pistolet argenté. Les détonations effrayantes ressemblaient à la première qu'il avait entendue. Et les projectiles qui transperçaient le bois de la porte, les vitres, et même certains endroits du mur, déchiquetaient allégrement chaque soldat imprudent.

Frank se retrouva allongé sur le sol avec les autres malgré les exhortations qu'il lançait à ses hommes d'aller au-devant du combat. Quelque chose le fit se retourner momentanément. Plus tard, il se souviendrait avoir vu sa sœur Philippa dans l'escalier, une main ensanglantée serrée sur sa poitrine.

— Je... je l'ai touché, murmura-t-elle en le fixant. Je sais que je l'ai touché... mais il n'est pas tombé.

Mais Frank le Gosse avait autre chose à faire qu'à écouter les élucubrations de sa sœur qui ne se tenait jamais comme une femme convenable.

Les *malacarni* venaient de retrouver leur courage, ils sautaient par les fenêtres et passaient par la porte pour se ruer dehors vers la zone de combat. Frank se leva d'un bond pour leur crier son encouragement puis se tourna pour voir si son père allait bien.

Le tout s'était déroulé si rapidement !

La maison était en flammes.

Carmine Drasco se tenait près de la fenêtre ouverte, il criait pour qu'on fasse amener les voitures.

Jules Sticatta effectuait un va-et-vient en caleçon, gémissant péniblement, soutenu par Don Stefano. Le pauvre Jules allait mal : il n'était pas besoin d'être médecin pour s'en apercevoir.

Et ils se retrouveraient tous dans un état similaire si l'on ne prenait pas le taureau par les cornes.

— Qu'est-ce qu'on fait ? cria Frank à son père.

— On se tire ! répondit le vieil Angeletti. Dis à tes gars de se casser avant l'arrivée de la *zaffa,* la police. Dis-le-leur !

Frank déglutit, pensa un instant à ses responsabilités et sortit d'un pas lent. Par miracle, il rencontra immédiatement dans la cour un de ses chefs d'équipe et put lui faire relayer l'ordre. Ensuite, il rentra de nouveau dans la maison sous prétexte d'aider son père à faire monter en voiture le pauvre Sticatta.

Ils s'empilaient dans les véhicules lorsqu'ils entendirent les autres explosions. L'onde de choc leur parvint en quatre vagues déchaînées, des flammes jaillirent de toutes parts, et Carmine Drasco s'écria :

— Doux Jésus ! je viens de voir une bande de gars monter avec les bungalows !

Mais il n'y avait pas de temps pour pleurer les morts. La grosse limousine bondit en avant, ralliant le portail secret à l'arrière du parc en roulant sur le gazon. Frank avait fait installer ce portail pour que ses clients de l'*Emperor's Key Club* puissent filer à l'anglaise en cas de descente.

Le chauffeur personnel de Carmine conduisait. Drasco et son garde du corps de longue date se trouvaient aussi sur la banquette avant de la voiture. Don Stefano et le blessé étaient à l'arrière. Frank et Philippa s'étaient installés sur les strapontins. Une seconde voiture pleine d'hommes de main les suivait, pare-chocs contre pare-chocs.

Frank jeta un dernier coup d'œil sur le champ de bataille tandis qu'ils franchissaient le portail et sortaient dans la rue. Son merveilleux claque flambait... partait en fumée !

— Ça a été si rapide, gémit Frank, ça s'est passé si vite !

— Comment s'y est-il pris ? marmonna le garde du corps de Drasco, lançant dans le rétroviseur un regard maussade.

— En plein jour. Comment est-ce qu'il a fait ?

Philippa pressait un mouchoir ensanglanté sur l'estafilade qu'elle avait sur le dos de la main. Elle avait peur, bien sûr — comme les autres — mais elle était dans un état d'incrédulité totale.

— Je l'ai touché, chuchota-t-elle. Je... je sais que je l'ai touché...

— Moi, je l'ai vu, annonça Frank. Comme je vous vois, tout en noir, je l'ai vu.

— Et après ? gronda quelqu'un devant sur un ton ironique. Il l'a *vu* !

— Vos gueules ! hurla le vieil Angeletti de derrière. Fermez vos gueules ! On n'en est peut-être pas encore sorti !

Frank frissonna et se retourna pour regarder la voiture de derrière pleine d'hommes. Cette vue le rassura un peu. Même Don Stefano, d'habitude si courageux, si calme, avait la trouille. Quand papa Angeletti se mettait à hurler et à parler comme un soldat de la rue, c'est qu'il était ébranlé. Oui, Frank le Gosse s'en rendait compte : son vieux avait peur.

Le convoi de deux voitures prit un tournant sur les chapeaux de roues au croisement, rasant une camionnette verte qui y arrivait en même temps qu'eux. La camionnette leur céda prudemment le passage. Ils entendirent les sirènes des pompiers et des voitures de la police, mais n'en firent qu'à leur tête et arrivèrent avant le cortège officiel dans le croisement de Germantown Avenue. Lorsqu'ils se trouvèrent sur la route principale le chauffeur jeta un coup d'œil dans le rétroviseur et vit disparaître le dernier camion citerne.

— Je parie que je sais où ils vont, annonça-t-il doucement.

— Déjà ? fit Frank à mi-voix.

Ce n'était pas possible, ça se passait trop vite... Comment les pompiers sauraient-ils déjà que... ?

Il poussa un soupir et dit :

— Je crois que nous allons avoir des soucis.

— Tu crois, tu crois, grinça le Don. Ecoute bien ce que je vais te dire ! Je vais lui couper la tête ! Je vais lui couper la tête à ce con, et je vais m'en faire une boule de *boccie* ! Souviens-t'en !

Frank le Gosse s'en souviendrait, cela ne l'empêchait pas de frissonner de terreur... N'ayant aucun sens de ses responsabilités.

Frank Angeletti aurait eu encore plus peur s'il avait su qu'une camionnette verte leur filait le train deux cents mètres derrière, et qu'au volant se trouvait un homme en noir au regard glacial qui traquait ses cibles.

CHAPITRE VII

Les pompiers se démenaient contre le feu et essayaient d'en empêcher la propagation vers les autres bâtiments de l'enclos.

Deux unités d'infirmiers s'étaient arrêtés près de la zone du sinistre, et les médecins passaient d'une victime à l'autre pour voir s'il y avait des survivants.

Des policiers en uniforme effectuaient des recherches à l'intérieur de l'enclos, tandis que des photographes de la police et d'autres techniciens de la préfecture cherchaient le moindre indice.

Le capitaine Wayne Thomkins, chef de la brigade Special Details de la Philadelphia Police Department, se tenait près d'un groupe d'agents de l'Etat et d'agents du F.B.I. Le visage du capitaine reflétait la colère, l'incompréhension et, peut-être aussi, la gêne. Il se tourna vers le représentant du F.B.I. qui était chargé des forces anti-Bolan pour lui poser une question rhétorique :

— Le verdict ? C'était Bolan ?

Joseph Persicone, du F.B.I., acquiesça et murmura :

— A mon avis, oui. C'est assez typique du genre. D'habitude, il laisse des ruines comme celles-ci derrière lui.

— Je n'en crois pas mes yeux, dit le capitaine. Je ne vois pas comment un homme seul aurait pu...

— Moi non plus, fit Persicone. Mais il le fait toujours.

— Les infirmiers ont déjà trouvé quinze morts. Dieu seul sait combien ils en trouveront sous les décombres.

— Cela aussi est typique, soupira l'agent fédéral.

Un autre policier en civil s'approcha du groupe et chuchota quelques mots dans l'oreille de Thomkins. Le capitaine agita vivement la tête.

— Absolument, oui. Envoyez-le-moi.

Le flic repartit rapidement.

— Que voulait-il ? demanda Persicone.

— Nous avions un homme en place, expliqua Thomkins en rougissant. Je le fais venir pour l'entendre.

L'un des hommes du groupe émit un petit rire et lança narquoisement :

— Belle surveillance !

— Nous avons reçu l'ordre de ne nous en approcher qu'avec la plus grande prudence, grinça le capitaine. Ecoutons ce que cet homme pourra nous apprendre.

Le groupe qui se trouvait là était composé d'importants policiers qui étaient arrivés pour voir les restes d'un assaut à la Bolan. Persicone était le chef d'une brigade spéciale des forces fédérales dont le seul devoir était l'arrestation de Mack Bolan. Il y avait aussi des policiers supérieurs de la Division criminelle, et d'autres du comté de Philadelphie. Il y en avait d'autres aussi qui s'affairaient à l'heure même au centre de la ville pour y établir un grand quartier général qui devait s'efforcer de capturer Mack Bolan. Ils avaient fait vite pour déplacer les ordinateurs, mais pas suffisamment. De toute évidence ils avaient perdu la course. Bolan se baladait en toute liberté dans les rues de Philadelphie, et blitzait tranquillement. Etant donné la grandeur de Philadelphie, une ville qui posait déjà des problèmes en temps normaux, il n'était pas facile d'affronter rapidement la nouvelle situation.

Thomkins semblait penser aux mêmes problèmes que les autres agents, car son visage était sombre, son front buriné par les rides d'une extrême concentration. Il attendit en silence en voyant s'approcher le jeune policier en civil.

Le jeune homme parut nerveux lorsqu'il se présenta.

— Détective Strauss, fit-il en tendant un carnet de notes en cuir au capitaine. C'est un rapport de l'incident, capitaine. Seconde par seconde.

Le capitaine grogna, fit tourner les pages à coups de pouce sans pour autant les regarder. Sans perdre de temps il demanda :

— Où étiez-vous, Strauss ?

Le détective désigna du doigt l'angle sud-est de l'enclos.

— Au coin, là-bas, sur Parklane. Je l'ai même vu franchir le mur, capitaine. Je n'en suis pas absolument sûr, mais j'en ai l'impression. Eh bien, ce type se trouvait dans le quartier depuis le début de l'après-midi. Je crois bien que je lui ai même parlé. Il s'est approché et m'a demandé du feu. Nous avons bavardé un instant.

Thomkins jeta un coup d'œil à l'agent du F.B.I. Persicone fit une grimace puis acquiesça.

— Bon, racontez-nous ça, dit le capitaine à Strauss.

Le jeune officier commençait à se rassurer. Il fixa le capitaine d'un regard franc.

— Il est arrivé à bord d'une camionnette des services du téléphone, ou à bord d'une camionnette qui ressemble aux vraies. Et il était habillé et outillé comme un technicien. Il a passé l'après-midi à grimper aux poteaux et à fixer des lignes. Heu... aux environs de dix-sept heures, il a travaillé au sommet d'un poteau près de moi. Il s'est rapproché et m'a demandé du feu. Il a dit quelque chose dans le genre qu' « il ne portait jamais assez d'allumettes sur lui pour les heures supplémentaires ». Il m'a demandé pendant combien de temps je devais encore rester dans le quartier. Je lui ai demandé ce qu'il voulait dire — que je n'attendais qu'un ami. Il s'est mis à rire et m'a répondu que cet alibi en valait un autre. Il m'a également demandé si la grande baraque était toujours un bordel. Je lui ai dit que je n'en savais absolument rien. Il s'est remis à rire puis il a repris son travail. Moi, je n'ai pas fait de rapport entre ce type et les événements avant...

— Attendez, fit Thomkins. Vous me dites que ce type savait que vous étiez un flic en surveillance ? C'est ce que... ?

— Oui, monsieur, il le savait. Mais vous savez, ça nous arrive tout le temps. Le public semble s'amuser beaucoup à découvrir les flics en faction.

— Vous faites partie de l'équipe anti-Bolan, n'est-ce pas ? demanda l'un des officiels. Vous étiez dans le quartier justement pour voir s'il ne s'y montrait pas. Vous étiez en faction devant un repaire de gangsters. Je présume qu'on vous a enseigné les habitudes de Bolan, son *modus operandi*. Je suis sûr que vous avez vu son portrait-robot. Et pourtant...

Strauss rougit mais dressa la tête avant de répondre.

— J'ai fait un appel et j'ai demandé qu'on fasse une vérification avec les services du téléphone dès que j'ai vu ce technicien. L'on m'a confirmé qu'un travail devait être effectué dans le quartier, c'est tout ce que j'ai pu obtenir comme renseignement. Quelqu'un à la préfecture devait s'en charger. En attendant, le type faisait son travail en professionnel. Je n'avais pas lieu de le soupçonner à priori...

— C'est bon, Strauss, fit le capitaine Thomkins. Personne ne vous accuse d'avoir manqué d'attention. Qu'avez-vous d'autre à nous apprendre ? Vous m'avez bien dit que vous l'avez vu passer par-dessus le mur ?

— Oui, monsieur. Je suis sûr que c'était bien lui... le technicien, je veux dire. Pourtant l'endroit où il est passé était difficile à voir d'où je me trouvais. J'ai tout vu en un éclair, mais je suis persuadé qu'il est sorti de la camionnette et qu'il a bondi par-dessus le mur. Vous savez, il était habillé comme un technicien *avant*, une salopette, un blouson et tout... les outils, les crampons, la casquette. Mais quand je l'ai vu, il était vêtu pour faire la guerre, tout bardé d'armes. Je voyais assez mal, et je crois bien que je suis resté là quelques secondes à me demander si je n'avais pas eu une vision. Vous savez bien comment ça se passe. On reste en place pendant des heures à chercher quelque chose du regard, et quand on la voit, on se demande si on n'a pas vu un fantôme. Eh bien... ensuite, j'ai fait mon rapport et l'on m'a dit de rester auprès de ma voiture. Et c'est ce que j'ai fait jusqu'au moment où j'ai entendu les premiers coups de feu. J'ai fait un second rapport puis je suis allé voir. Mais c'était déjà l'enfer. Des explosions, des coups de feu, des hurlements. L'enfer, quoi.

Thomkins fixait un détail sur l'une des pages du carnet du détective.

— Vous ne vous êtes pas trompé sur l'heure ? demanda-t-il à voix basse.

— Non, monsieur. J'ai fait très attention à ça. Mais vous pouvez vérifier à la centrale. Ce sont les heures précises...

— Vous prétendez ici que ça a duré moins de deux minutes, continua Thomkins sur le même ton voilé. Vous prétendez que ce type a fait tous ces dégâts en moins de *deux minutes* ?

— En quatre-vingt-dix secondes précisément, répondit Strauss d'une voix affirmative. Il a passé exactement quatre-vingt-dix secondes à l'intérieur de ces murs. Pas plus.

— Pas plus, fit le capitaine en écho.

— Non. J'ai couru dans la rue pour me rapprocher de la camionnette afin d'en connaître le numéro d'immatriculation, mais lorsque je suis arrivé à mi-chemin, le type est repassé de l'autre côté. A cet instant tous les bungalows ont sauté. Lorsque la fumée s'est dissipée, j'ai vu qu'il était déjà parti. Certains de ceux qui se trouvaient là-dedans sont partis aussi. J'ai vu sortir deux grosses limousines.

— Alors, le Don s'en est tiré, murmura Persicone.

— Pardon ?

Mais Thomkins pensait déjà à autre chose.

— Alors, comment se fait-il que nous soyons...

Il désigna l'un de ses assistants d'un doigt tendu.

— Réponse à l'appel, quelle heure ?

— Dix-sept heures quarante-deux, répondit l'assistant sans consulter ses notes. Les pompiers sont partis aussi à cet instant. Il y a un appel d'un citoyen anonyme, des coups de feu et un incendie à l'angle de...

Le capitaine avait les yeux exorbités et il interrompit sèchement l'assistant.

— Donc quatre minutes *avant* l'appel de Strauss ! Quatre minutes *avant* le commencement des hostilités ! Alors, qui a téléphoné, Joe ? Ne me dites pas que c'est...

L'homme du F.B.I. consulta sa montre.

— Cela nous a pris combien de temps pour arriver jusqu'ici... ? Cinq minutes ? demanda-t-il avec un petit sourire.

— A peu près ! grinça Thomkins.

— Il a dû téléphoner du haut d'un poteau, annonça Persicone.

A présent, un large sourire flottait sur ses lèvres.

— A mon avis, il a joué trop serré. Il passe un coup de fil aux flics, puis aux pompiers, saute le mur, fait sauter la baraque, puis il repart. Et il protège ses arrières en faisant débarquer la moitié des effectifs de la ville de Philadelphie. Marrant, non ?

— Je n'y crois pas, fit Thomkins.

— Vous y viendrez, lui promit l'agent du F.B.I. Maintenant, je crois que nous ferions bien de nous occuper de sa prochaine attaque. Elle ne va sûrement pas tarder. Mais je me demande bien où.

— Mais ne vous en faites pas, cracha Thomkins. On n'a qu'à attendre son coup de fil !

L'agent du F.B.I. lança un regard de sympathie vers le jeune policier, Strauss, puis lui demanda :

— Est-ce que vous pourriez nous décrire son visage avec précision ? Pour faire faire un nouveau portrait-robot ?

Gêné, le jeune policier baissa le regard devant celui de Persicone qui connaissait déjà sa réponse.

— Je ne crois pas, monsieur. Pour vous dire la vérité, je n'ai jamais bien vu son visage.

Persicone acquiesça. Il connaissait les subtilités de Bolan. Il s'adressa à Thomkins :

— Vous comprenez le problème, Wayne. Nous ne sommes pas à la recherche d'un vulgaire criminel ou d'un fou. Cet homme a du génie, c'est un professionnel, un combattant qui connaît toutes les ruses de la guerre, un artiste de la guérilla, un acteur accompli et...

— Et le champion du blitz, soupira Thomkins en l'interrompant. Et un type drôlement gonflé, de surcroît. Il savait que nous avions mis la baraque sous surveillance. Il se présente à notre homme et lui fait savoir qu'il sait. Puis il passe de l'autre côté, il leur flanque une danse et... Bon, bon, j'y crois. Mais où le trouver, Joe ?

— Allons poser cette question à Don Stefano, suggéra Persicone.

Il sourit, et une lueur amusée emplit son regard.

— S'il en est encore temps, ajouta-t-il.

CHAPITRE VIII

Bolan prenait des risques en circulant à bord de la camionnette, et il le savait. Le moment de s'en débarrasser était venu, il fallait trouver un véhicule plus discret. Cependant, il avait suivi le vieux Don de l'*Emperor's Key Club* jusqu'à un quartier tranquille au nord de la ville. Il était persuadé que le vieillard rentrait chez lui, et il restait à Bolan un travail à accomplir, en se servant de la camionnette.

Il n'avait jamais eu l'intention de monter une offensive contre la maison d'Angeletti. Il n'y avait pas assez de place dans le quartier pour faire la guerre. Les maisons voisines se dressaient les unes à côté des autres et donnaient dans la rue où il semblait y avoir un trafic de passage constant. Il y avait trop de chances pour qu'un innocent soit touché au cours d'une fusillade.

Mais Bolan avait d'autres projets dans lesquels figurait la maison, et le moment de les mettre à exécution était venu.

Bolan se décida d'en prendre le risque.

Il avait trafiqué la ligne téléphonique d'Angeletti deux jours plus tôt, un branchement mobile se trouvait à cent mètres de la maison. En se servant de son appareil de technicien, il pouvait se mettre à l'écoute quand il le voulait.

Maintenant, il le voulait.

Il passa une fois à travers le quartier derrière les limousines d'Angeletti, vérifia leur destination puis refit un passage de reconnaissance.

Ouais, évidemment.

Les flics avaient mis la baraque sous surveillance. Normal.

Il aperçut deux voitures anodines garées de telle façon que les occupants des véhicules pouvaient surveiller sans peine la façade du domicile d'Angeletti, ainsi que l'arrière du jardin par le biais d'une petite allée de service.

Ces hommes ne surveillaient pas Angeletti.

Ils attendaient Mack Bolan.

C'était la police qui ennuyait le plus Bolan, finalement. Il n'en tenait pas rigueur aux policiers qui ne faisaient que leur devoir, mais ils l'embêtaient tout de même. Ils n'essayaient d'ailleurs pas forcément de protéger vraiment l'ennemi commun — bien que, d'après les lois américaines, les gangsters aient autant droit à la protection de la police que les citoyens honnêtes. Non, ce n'était pas ça. Car, les flics devaient sans doute se gausser de voir malmener ces *mafiosi* illustres qu'ils n'arrivaient jamais, eux, à toucher. Ils devaient rire en les voyant tomber sous les coups implacables de la justice de Bolan. Mais les Etats-Unis prônent la loi et l'ordre. Mack Bolan devait quitter le circuit.

Et la loi recherchait Mack Bolan à Philadelphie.

Bolan ne trouvait rien à redire, cela faisait partie du jeu. Il n'avait jamais demandé qu'on lui accorde un permis de chasse spécial, il en avait même refusé un au début de la croisade.

Cependant, les flics ne faisaient pas partie du camp ennemi, ils étaient plutôt des soldats du même bord. Bolan ne pouvait pas les combattre, il espérait seulement les éviter. Pourtant, les policiers lui rendaient cette tâche de plus en plus délicate.

Il fit prudemment le tour du quartier, calculant ses chances de réussite. Puis, il remit son sort entre les mains du destin et lança la camionnette dans la petite rue qui longeait le côté nord de la propriété du vieil Angeletti.

Cette ruelle était courte et étroite, aucune maison ne donnait dessus, aucun éclairage municipal ne l'illuminait. La nuit était tombée. La lune s'était levée, mais les rangées de grands arbres de chaque côté du passage jetaient des ombres obscures sur le petit passage.

Il n'aurait pas pu trouver de meilleures circonstances.

A l'exception du Beretta et de l'Auto-Mag, il laissa ses armes dans le char de guerre et se hissa au sommet du poteau pour espionner les conversations du *capo.*

Lorsqu'il se brancha sur la ligne, il s'aperçut qu'on s'en servait.

Quelqu'un parlait à un médecin, un de ces docteurs qui la fermaient lorsqu'il s'agissait de soigner les blessures d'une famille comme les Angeletti qui tenaient par-dessus tout à sauvegarder leur anonymat.

Quelques secondes après la fin de cette échange, le vieil Angeletti lui-même passa un coup de fil à son avocat. Le Don voulait s'assurer qu'un bail bidon au sujet de la propriété de l'*Emperor's Key Club* le mettait effectivement hors d'atteinte, étant donné que « les flics fouillaient dans tous les sens ».

L'avocat rassura le vieil homme et lui promit qu'on ne pourrait jamais officiellement l'associer au désastre du glorieux bordel.

Il s'ensuivit un troisième appel — en direct pour New York — et c'était cette communication que Bolan avait souhaité entendre.

Au bout de la troisième sonnerie, une voix prudente et basse répondit :

— Allô, oui. Qui est-ce ?

— C'est moi, à Philly, annonça Don Stefano.

— Ah oui, justement on parlait de toi.

Bolan reconnut la voix d'Augie Marinello, le plus puissant de tous les *capi*.

— Ecoute, continua celui-ci, fais attention. Ils ont découvert notre... notre boîte à malices. Alors, on parle en clair.

— Oui, je comprends, répondit Angeletti. Combien de temps avant de... de la remplacer ? Je dois vraiment te parler.

Bolan savait de quoi les deux *capi* parlaient. La boîte à malices était un appareil de brouillage qui était la seule mesure de sécurité contre une éventuelle table d'écoute.

— Encore un jour ou deux, fit Marinello. Tu pourrais peut-être venir.

— Non, je ne peux pas. Ecoute, c'est vraiment grave, ici.

Il y eut un bref silence.

— C'est ce que nous nous disions.

— Tout le monde est là ? Vous êtes au complet ?

— Exactement, rétorqua le *capo di tutti capi* officieux. Nous nous sommes réunis pour savoir ce que l'on pourrait faire pour t'aider.

— Eh bien, écoute. Tu peux... vous pouvez beaucoup faire pour m'aider. Je veux qu'on m'envoie tous les gens qui ont déjà vu ce gars, ne serait-ce qu'un instant. Comment est-ce que je dois repérer un type que je n'ai jamais vu, hein ? Ecoute, si tu as quelqu'un qui l'aurait juste frôlé, il faut me l'envoyer. C'est épouvantable, ici.

— Il n'y en a pas beaucoup dans ce cas, observa doucement Marinello.

— Il y en a quelques-uns, insista le vieux Don. Il y a ce Leo « The Pussy ». Tu l'avais même envoyé jusqu'à Londres. Pourquoi ne pas me l'envoyer quelques jours à Philly ? Il me serait très utile. Et il y a ce Noir... il était à Washington. Tu t'en souviens... le comptable de notre copain, feu Arnie. Comment s'appelle-t-il déjà, ce joueur de football ?

— Wils Brown, soupira Marinello.

— C'est lui, j'en ai besoin.

— Il ne fait pas partie des nôtres.

— Qu'est-ce que ça peut faire ? Ce n'est pas le moment d'être fiers. C'est trop grave. Non ?

— Oui, je suppose que tu as raison, fit une troisième voix à New York. Ecoute, Steven... je ne peux pas trop en dire... mais nous avons réfléchi à ton problème. Nous t'envoyons de l'aide. Alors, détends-toi. Heu... tu devrais peut-être me dire exactement ce qui se passe chez toi en ce moment.

— Ce type vient de nous flanquer une branlée terrible, voilà ce qui se passe chez moi. Maintenant, dis-moi *comment* il a fait, moi, je n'y comprends rien. Ça n'a jamais été comme ça dans le Bronx, même dans le temps.

— Y a-t-il des disparus que je connais ? demanda Marinello.

— Eh bien, Jules va avoir mal pendant un

bon moment, mais il s'en tirera. Les autres faisaient partie... tu sais... des gars de là-bas. Je crois qu'il nous en manque une bonne trentaine.

— Doux Jésus ! lâcha Marinello d'une voix contrite. Tant que ça ?

— Il m'en reste encore pas mal, mais je commence à avoir des doutes. Tu vois, ces gars ne l'ont même pas ralenti. Ils étaient comme des tigres en papier. Je ne suis plus très sûr d'eux, Augie.

— Je comprends.

Il y eut un silence, puis Marinello reprit :

— Bon, je crois que nous pourrons en parler ultérieurement. Pour le moment, je veux que tu te calmes. Tu entends ? Nous n'allons pas te laisser tomber. Nous avons... enfin... je ne peux pas trop en dire... nous t'avons envoyé un spécialiste. Il est... Attends une seconde.

Bolan entendit chuchoter près du téléphone puis Marinello reprit l'appareil.

— Il est en chemin. Sur la route. Tu le verras dans environ une demi-heure.

— Un seul mec ! s'écria Angeletti sur un ton rageur. Un seul ?

— Eh bien, oui, mais ce n'est pas n'importe quel mec seul, Steven. Je te l'ai dit, c'est un spécialiste. Ecoute, détends-toi. Ce type nous vient du meilleur groupe. Mike n'envoie que ses meilleurs éléments.

Bolan se souvenait bien de ce Mike. Mike

Talifero. La dernière fois que Bolan l'avait vu, c'était à Las Vegas, lorsqu'il avait laissé Talifero sur le plancher d'un casino, en sang.

— Je croyais que Mike était... Il est en meilleure santé, à présent ? demanda Angeletti qui adressait une question que Bolan aurait voulu poser.

— Il peut se lever de temps en temps maintenant. Il se trouve à mes côtés. Il t'envoie ses meilleurs vœux. Tu me comprends, Steven ?

— Oui, j'ai bien compris, soupira le vieillard. Mais un seul homme, Augie ?

— T'en fais pas, il y en aura d'autres. On t'envoie une délégation de Buffalo. Deux groupes vont bientôt quitter Manhattan. Mais tu sais qu'il faut du temps pour rassembler cette sorte d'équipe. Et puis, nous avons eu des ennuis récemment à Brooklyn qui...

— Oui, je suis au courant, répondit le patron de Philadelphie d'une voix compatissante. Comprends-moi, j'apprécie tout ce que vous faites pour moi. Mais la situation est vraiment critique, Augie. Cet homme... le spécialiste, je le connais ?

Il y eut une pause.

— Mike dit que oui et non. Personne ne connaît vraiment ce gars, Steven.

— Ah ! *celui-là,* s'écria Angeletti dont la voix s'était empreinte d'un nouvel intérêt.

— Ouais. Alors écoute, reste tranquille, hein ? Reste à couvert et laisse faire les choses. Nous avons toutes les chances de notre côté, tu t'en rends compte, j'en suis sûr.

— Bien entendu, O.K. Je suis très reconnaissant, tu sais. Mais je veux tout de même ces gars dont je t'ai parlé. Leo la Chatte et le joueur de football. Et tous les autres auxquels tu penserais.

— Ce sera sans doute difficile, Steven, mais je ferai mon possible, je te le promets. Heu... comment va Frank ?

— Frank va très bien, répondit le père du Gosse. J'ai été très fier de lui aujourd'hui.

C'était un mensonge, Bolan le savait, et il savait que Marinello le savait.

— C'est bien d'avoir un fils qui assume son rôle, dit Marinello. La plupart de nos jeunes d'aujourd'hui ne valent pas un pet de lapin, Steven.

— C'est juste, rétorqua Angeletti d'une voix faussement rigoriste.

— Oui, je comprends à quel point ça doit être rassurant d'avoir chez soi un fils capable. Moi, je n'en ai jamais eu un qui avait le sens des responsabilités, remarque. Tu le sais. Mais... nous devons parfois accepter d'être déçus, n'est-ce pas ?

C'était un rappel à l'ordre très en douceur de la part du *capo di tutti capi* au *capo* de Philly. Bolan le savait. Angeletti le savait. Le vieillard poussa un soupir puis s'adressa à celui qui l'écoutait de New York :

— Frank fait de son mieux, Augie, il

s'améliore. Ne t'en fais pas, je ne suis pas fou. Je sais ce que je sais. Bon, écoute, je dois raccrocher, j'ai quinze mille trucs à faire. Ce... ce spécialiste... comment le reconnaîtrai-je ?

Il s'ensuivit une conversation chuchotée près de l'appareil.

— Mike dit que tu le reconnaîtras lorsqu'il voudra se faire connaître.

— Il m'en faut plus que ça, annonça Angeletti. On ne prend plus de risque, ici. On tire d'abord. Tu ferais bien de me donner un indice ou quelque chose.

Une autre voix se fit entendre sur la ligne à partir de New York. Une voix aux accents brefs et secs d'un homme de Harvard qui hérissa le poil de Bolan. Cette voix était celle de Mike Talifero, le chef suprême des tueurs de la Mafia dans le monde entier.

— Bonjour, Steven. J'ai tout entendu. Tu as bien compris qui je t'ai envoyé ?

— Salut, Mike. Oui, j'ai compris. Le seul ennui, c'est que ce type est un atout inconnu. Il n'a jamais deux fois de suite le même visage. Je dois pouvoir le reconnaître.

— Repère une Maserati.

— Une *quoi* ?

— Tu sais, une voiture. C'est ce qu'il conduit. Laisse-le entrer dans le parc, il montrera patte blanche ensuite.

— Bien, je saisis. Je suppose que ça ira. Espérons seulement qu'il n'aura pas changé de voiture en chemin.

Talifero éclata brièvement de rire.

— Pas de risque. Il vient de dépenser son dernier dollar pour s'offrir cette caisse. Ecoute, Steven, ce type est extraordinaire. Laisse-le faire à sa guise, il s'y prendra mieux si tu le laisses libre.

— Tu l'envoies pour qu'il assume le rôle de chef ? demanda Angeletti d'une voix sérieuse.

— Il ne travaille qu'à cette condition, Steven. Tu le sais.

— Oui, mais j'avais chargé Frank de la direction des opérations et...

— Soyons sérieux, Steven.

— Je vois ce que tu veux dire. O.K.

Le vieil homme poussa un long soupir, puis dit :

— Repasse-moi Augie, tu veux ?

— Je t'écoute, Steven. Au fait, dès que toute cette histoire se sera tassée, je voudrais te voir ici, à New York. Il faudrait que nous puissions parler tranquillement.

— C'est juste, Augie. Encore une fois merci. Et remercie de ma part tous les autres. Et n'oublie pas que tu dois m'envoyer plus que l'atout de Mike.

— Je ferai tout mon possible, Steven.

— Merci. Au revoir, Augie.

— Au revoir, Steven.

Bolan attendit jusqu'à ce que les deux déclics se produisent, puis il débrancha son appareil mobile et se mit à réfléchir à la conversation qu'il venait d'entendre.

La riposte allait se faire plus rapidement qu'il n'avait prévu. Bolan avait déjà entendu parler de cet « atout inconnu » — cet homme de l'équipe Talifero qui ne répondait qu'à la *Commissione* elle-même.

Cet homme était un tueur d'élite. On le gardait en réserve pour lui faire accomplir les travaux extrêmement délicats : supprimer des VIPs qui ne faisaient pas partie de l'Organisation, ou alors des *capi* jugés coupables d'avoir enfreint les règles de l'Honorable Société. D'après les renseignements de Bolan, le célèbre atout avait eu fort à faire récemment à Brooklyn et dans le New Jersey.

Une fois, Bolan s'était fait passer pour lui.

Il était possible que la situation à Philadelphie vaille que Mack Bolan se travestisse une fois de plus pour jouer le rôle de l'atout inconnu.

Après tout, cet inconnu était peut-être un valet de pique. Peu d'hommes avaient suffisamment vu Bolan pour le reconnaître la fois suivante. Sauf Leo Turrin et Wilson Brown.

C'était délicat, très délicat. Une fausse manœuvre, un regard de travers, une intonation erronée lui seraient fatals.

Pourquoi ne pas tenter le coup ? Il n'y avait pas grand-chose à y perdre.

La vie, peut-être.

Même probablement.

Une voiture de patrouille s'engagea au bout de la ruelle et s'y arrêta, bloquant la sortie de ce côté. Un second véhicule s'immobilisa de l'autre côté. Subitement, l'Exécuteur entendit des mouvements à terre sous la position qu'il occupait.

Un arc éclata, l'illuminant brillamment au sommet du poteau, et une voix se fit entendre par le biais d'un haut-parleur.

— *Mack Bolan, c'est la police qui vous parle ! Vous êtes cerné. Jetez vos armes une à une.*

Et voilà !

Il avait traîné quelques secondes de trop.

— *Ne nous forcez pas la main, Bolan ! Nous allons vous prendre, mort ou vif. Le choix vous appartient. On vous donne cinq secondes pour décider. Mais ne nous forcez pas la main.*

Bolan n'avait pas l'intention de forcer la main à qui que ce soit.

Dans la position peu glorieuse où il se trouvait, il pouvait seulement constater la fin probable d'une guerre odieuse, vicieuse et épuisante.

Il lui sembla que l'univers avait décidé que Mack Bolan devait disparaître.

CHAPITRE IX

Sa capture par la police ne pouvait avoir qu'une seule signification pour Mack Bolan.

Désarmé, mis en cage, il devenait la cible sans défense de tous ceux qui souhaitaient sa mort.

La justice ferait de son mieux pour le sauvegarder, des mesures de sécurité sans précédent seraient prises. Car, après tout, Bolan était sans aucun doute l'homme le mieux renseigné sur les activités de la Mafia et sur les moyens par lesquels cette organisation criminelle parvenait à s'immiscer dans les entreprises légitimes, allant jusqu'au cœur de l'industrie américaine. Puis, il y avait une bonne dizaine de commissions fédérales ou anticriminelles qui ne demanderaient pas mieux que de l'entendre et d'éplucher tous ses dires.

Aux yeux du public, Mack Bolan était un héros populaire. A un tel point, d'ailleurs, que d'illustres avocats avaient promis de voler à son secours s'il lui arrivait le malheur de tomber entre les mains de la justice.

Quelqu'un lui demanderait d'écrire ses mémoires pendant son attente dans une cellule de condamné. Des éditeurs se battraient pour obtenir les droits de publication, des producteurs offriraient des fortunes afin de filmer son aventure.

Cela tournerait au cirque.

Un fait mis à part.

Mack Bolan ne serait plus. Car malgré les mesures de sécurité exceptionnelles, malgré les avocats, malgré l'intérêt que suscitait Bolan auprès du public — malgré tout cela — Bolan ne survivrait pas à la première nuit passée sous les verrous. D'une manière ou d'une autre on parviendrait à le supprimer. La Mafia possédait ses entrées et trouverait bien quelqu'un susceptible de supprimer Bolan. *Nous allons vous prendre, mort ou vif. Le choix vous appartient*. Ah, la bonne blague ! Quel choix ! Celui de mourir sans un mot ? Ou celui de mourir en luttant jusqu'au bout ? Depuis longtemps Mack Bolan avait pris la décision de lutter jusqu'au bout.

Une petite boîte était accrochée sur le ceinturon de Bolan à moins de dix centimètres de la main qui le retenait au poteau.

Bolan lâcha prise, s'arc-bouta en arrière pour retomber en chute libre vers le sol, quitta le cercle du faisceau lumineux et trouva l'interrupteur qui allait déclencher la bombe infernale à bord du char de guerre.

A l'instant du saut, un fusil avait aboyé,

et d'autres armes avaient prêté leur voix à la curée. Mais tout — la cacophonie des détonations et les divers bruits de la nuit — tout fut noyé par l'immense déflagration dans laquelle disparut la camionnette, disloquée par l'explosion.

Bolan avait effectué un saut périlleux en arrière, comptant sur ses instincts de fauve pour tomber sur ses pieds. Il s'était retrouvé en plein air, recroquevillé sur lui-même, les sens aux aguets, prêt à réagir au premier contact du sol.

Mais il fut subitement ballotté en plein vol, dévié de sa course par l'onde de choc.

Puis il fit contact avec une matière souple, une matière qui le soutint et qui amortit sa chute désordonnée. Persuadé que la main du destin tentait de l'arracher à la vie, il s'accrocha désespérément aux branches souples de l'arbre en fleur sur lequel il venait de tomber.

Ses doigts se recroquevillèrent sur les branches et les feuilles et, comme un chimpanzé déguisé, il se laissa basculer vers la terre sans voir ni comprendre.

Il s'accroupit derrière les buissons touffus, prenant sur lui-même pour reprendre à la fois son souffle et ses esprits, luttant contre une espèce de vague obscure qui l'envahissait et qui était peut-être l'inconscience ou la mort.

Mais la parcelle de son cerveau qui avait

compris le poussa à travers cet instant de crise et l'obligea à reconnaître les flammes, les voix stridentes et les ordres beuglés par le haut-parleur.

Il comprit d'un seul coup qu'il vivait et que, par miracle, il n'était pas blessé. Et que, de surcroît, il se trouvait à l'abri des policiers derrière un mur en brique et des buissons au beau milieu d'une gigantesque pagaille humaine.

Il pria de tout son être pour qu'aucun des policiers ne se soit trouvé dans les environs immédiats du char de guerre au moment de l'explosion, puis il quitta sa cachette pour rallier lentement et prudemment le no man's land du parc de la propriété de Don Stefano.

Bolan n'avait pas peur, il était comme Lazare revenu de la mort.

Il battait en retraite vers le front, comprenant qu'une force inhumaine l'avait sauvé par miracle.

Le destin l'avait arraché à son sort. L'Exécuteur se trouvait toujours à Philadelphie, il était toujours capable de porter des coups. Mais pendant encore combien de temps ?

CHAPITRE X

Les pompiers étaient venus mais, n'ayant pas trouvé de feu à éteindre, ils étaient repartis, laissant derrière eux une équipe d'artificiers qui devaient essayer de reconstituer l'engin qui avait fait sauter la camionnette.

Arme à la main, cinquante flics examinaient minutieusement chaque parcelle de terrain dans les environs immédiats.

Quelques détectives attendaient l'arrivée d'un mandat afin d'entrer chez Angeletti dans le cas extrêmement improbable où Bolan serait passé de l'autre côté du mur.

Une équipe de secouristes se trouvait là. Les infirmiers buvaient du café dans des gobelets cartonnés et fumaient des cigarettes en attendant.

Des artificiers de la préfecture étaient eux aussi sur place avec tous les techniciens du laboratoire. Ils se mirent à chercher des débris dans la rue, dans les jardins environnants à cinquante mètres à la ronde.

Le site était barré ainsi que les quatre pâtés de maisons avoisinants.

On avait fait venir des spécialistes pour réparer les lignes téléphoniques et rétablir le courant mais on les avait laissés en dehors du barrage pour le moment.

En groupes tristes, les policiers en civil revenaient bredouilles vers le lieu où l'explosion avait calciné le sol, restaient immobiles, la mine déconfite.

Ulcéré, le capitaine Wayne Thomkins se tenait à la même place depuis plus de cinq minutes, les mains dans les poches, le regard rivé au sol à un emplacement qui se situait approximativement entre ses pieds.

Joe Persicone, l'agent du F.B.I., s'était agenouillé près de la carcasse de métal calciné qui avait été le dernier véhicule de Mack Bolan et fixait cette ferraille noire comme s'il était en mesure d'en percer les secrets par osmose psychique.

Le détective Ed Strauss, qui faisait partie de la brigade anti-Bolan depuis l'attaque contre l'*Emperor's Key Club*, escalada le muret qui bordait l'extrémité sud du parc, retomba dans la rue puis se dirigea jusqu'au capitaine Thomkins.

Thomkins le fustigea du regard, puis gronda :

— Ouais ?

Le jeune détective écarta les bras, haussa les épaules.

— Rien. Rien du tout.

Le capitaine poussa un soupir.

— On court après une ombre, murmura-t-il.

— Pardon ?

— Non, rien.

Thomkins fit quelques pas, se rapprocha du muret.

— On aurait dû le retrouver ici. Il s'est sûrement brisé les reins sur ces briques.

Strauss examinait du regard la distance qui séparait le sommet du poteau et le point de chute probable, et calculait rapidement la triangulation de la trajectoire en se remémorant l'incroyable envolée de Bolan vers le néant. C'était difficile à calculer, car le poteau avait été soufflé par la déflagration. Du regard, il suivit la courbe imaginaire et frissonna lorsque ses yeux s'arrêtèrent sur le rebord du muret.

— Oui, monsieur, répondit-il enfin. C'était également mon impression au début. Je l'ai vu s'envoler du sommet en arrière et je me souviens de m'être dit : Drôle de manière pour se tirer de là ! Je m'attendais tout à fait...

— Et votre seconde impression ? demanda Thomkins d'une voix sombre.

— Monsieur ?

— Où est-il passé ?

Strauss écarta les bras de nouveau, ce geste lui était automatique étant donné les circonstances.

— Je n'en ai pas la moindre idée. Je me suis posé des questions au sujet de ces arbres, là-bas, à l'intérieur du parc. Il n'est pas inconcevable que...

— D'accord, gronda Thomkins, un peu radouci. Mais comment a-t-il fait ? Il a tiré la cape du Superman de sa poche ou quoi ? On sait qu'il ne peut pas voler...

— Un grand athlète pourrait... Enfin, je n'en sais rien. Je n'en sais rien, capitaine. J'ai seulement dit qu'il n'était pas inconcevable qu'un homme puisse y arriver.

Persicone se leva en soupirant lui aussi, puis se rapprocha des deux autres.

— C'est une question académique, dit-il. Il faut nous rendre à l'évidence. Bolan est tombé au centre de l'explosion et il a été complètement déchiqueté.

— Vous savez que vous dites des conneries, rétorqua Thomkins d'une voix ironique. Ce serait trop facile comme solution. Vous vous trouviez à côté de moi. Vous avez donc tout vu aussi bien que moi. Et vous l'avez vu tomber de l'*autre* côté comme s'il s'était *éloigné* de l'explosion.

L'homme du F.B.I. alluma une cigarette puis refoula la première bouffée vers la camionnette détruite.

— Vos yeux peuvent vous jouer des tours, dit-il. Surtout dans un moment pareil. La seule chose que nous ayons vue, c'est ce type qui retombait en dehors du faisceau de lumière. Nous étions si tendus que nous aurions été prêts à voir n'importe quoi. Nous avons imaginé une trajectoire qui aurait éloigné Bolan de l'explosion, mais dans quel sens ? Vers le bas, forcément. Puis la bombe a sauté et nous en avons eu plein les yeux. Soyez logique, nous l'avons perdu dès qu'il s'est laissé tomber. Lorsque nos yeux se sont accoutumés à la lumière vive de l'explosion, il était déjà parti. En fait, nous ne savons pas *où* il est tombé.

— Je sais ce que j'ai vu, persista Thomkins.

— Ecoutez, Wayne, nous nous trouvions à une centaine de mètres de Bolan. Il faut calculer en tenant compte de l'obscurité, de l'angle de notre point de vue et du soudain aveuglement lors de l'explosion. Soyons logiques. Nous n'avons pas retrouvé son corps, nous n'avons pas trouvé de traces de sang. Chaque centimètre de terrain a été minutieusement examiné, les arbres ont été passés au peigne fin. Je me moque du fait que Bolan soit un athlète incomparable, il n'aurait pas pu se relever d'une chute pareille et s'en aller, même à quatre pattes. Donc, une seule conclusion nous est offerte...

— J'accepterai votre hypothèse lorsque je verrai des preuves, promit Thomkins.

Persicone sourit vaguement.

— Vous êtes un flic têtu.

— Merci, gronda Thomkins.

— S'il vous plaît, capitaine, commença

Strauss. Si vous m'en accordez la permission, je voudrais demander aux pompiers de me soulever dans la nacelle.

— Allez-y, lui répondit le flic en chef. Mais ne piquez pas un plongeon de là-haut.

Strauss lui sourit et partit d'un pas rapide. Les deux hommes le regardèrent s'éloigner. puis Persicone déclara :

— C'est un type bien.

— Ouais. Mais lui non plus n'accepte pas votre théorie, Joe.

— Il se sent concerné par l'affaire, observa l'homme du F.B.I. Bolan s'est moqué de lui.

— Il s'est moqué de nous tous, rétorqua amèrement Thomkins.

Il y eut un silence gêné. Thomkins recommença à fixer le sol entre ses doigts de pied. Persicone se remit à faire les cent pas entre le poteau en charpie et le mur en brique.

Quelques minutes plus tard, un capitaine des pompiers se rapprocha, arborant un large sourire. Il lança sur le va-et-vient de l'agent du F.B.I. un regard de curiosité puis il s'adressa à Thomkins :

— Il faudra vérifier en labo mais je peux déjà vous dire ce qui a provoqué l'explosion. Mes hommes réassemblent les morceaux. On dirait un détonateur télécommandé.

— Par radio ?

— Oui, à transistors.

— Ça colle avec nos soupçons, dit le flic. Continuez à rassembler les pièces, capitaine.

Et essayez de me trouver un doigt, un doigt de pied, un testicule, n'importe quoi, mais quelque chose qui appartenait au mec qui a activé cet engin.

— S'il se trouvait dans la camionnette, répondit le pompier, laissez tomber. C'est déjà un miracle que personne n'ait été touché. Il semble que l'explosion se soit dirigée vers le *haut* plutôt que *tout autour*. Celà expliquerait le rayon très réduit des dégâts matériels. Vos hommes sont d'accord avec nous sur ce point. C'est possible de prévoir une explosion de cette façon, le type a peut-être fait exprès. Mais s'il a sauté avec la charge, oubliez les morceaux.

Le capitaine des pompiers jeta un second regard sur Persicone, puis il s'éloigna.

L'agent du F.B.I. s'immobilisa, s'adressa au chef de la brigade anti-Bolan :

— Je n'ai pas à vous dire comment faire votre devoir, Wayne.

— Alors ne le faites pas.

— Têtu, têtu, têtu.

Il y eut un second silence tandis qu'ils levèrent les yeux pour observer le jeune détective qui se déplaçait bien au-dessus de leur tête dans la nacelle des pompiers.

A cet instant, une voix annonça sur la petite radio que Thomkins avait accrochée sur sa ceinture que le mandat de perquisition était arrivé et qu'on attendait le capitaine près du portail face à la demeure Angeletti.

— J'arrive, annonça Thomkins. Je serai là dans quelques minutes.

— C'est une perte de temps, commenta Persicone en souriant.

— Nous verrons bien, rétorqua le capitaine. Vous voulez m'accompagner ?

— En admettant que Bolan s'en soit échappé, il ne s'est sûrement pas réfugié chez Angeletti.

— C'est vous l'expert. Ne le ferait-il pas ?

— Je ne sais pas, soupira Persicone. Après tout, il le pourrait bien.

Un cri joyeux se fit entendre au-dessus, les deux hommes se figèrent abruptement.

La nacelle se trouvait au-dessus du parc près des arbres qui se dressaient près du mur. Le visage éclairé par le spot accroché au panier, Strauss tenait quelque chose et il leur cria :

— C'est une *poche*, capitaine ! Une *poche noire* qui provient d'une combinaison ! Elle a été arrachée, pas brûlée !

— Eh bien, voilà ! déclara Thomkins à mi-voix.

— Donnez de l'avancement à ce garçon, commenta Persicone.

— Quelle merde ! lança avec venin le chef de la brigade anti-Bolan. Ça aurait été plus facile s'il avait sauté avec sa bombe. C'est foutu maintenant, foutu.

Ils se dirigèrent rapidement jusqu'à leur voiture.

— Amère victoire, hein ? lança Persicone.

— Victoire ? Quelle victoire ? rétorqua le capitaine. Vous savez ce que je vais faire si on ne le retrouve pas chez Angeletti ?

L'agent du F.B.I. sourit.

— Bon, je marche. Quoi ?

— Je vais prêter une ambulance et un camion de pompiers à ce type, puis je vais rentrer chez moi me soûler la gueule et roupiller.

Persicone se mit à rire.

— Dans le fond, dit-il en ricanant, vous êtes ravi qu'il s'en soit tiré.

— Je vous emmerde, gronda le chef d'une voix qui n'avait rien d'offensant.

Mais une chose était certaine, la nuit des miracles ne faisait que commencer pour Mack Bolan.

CHAPITRE XI

Minutieusement, Bolan avait effectué deux jours auparavant une reconnaissance du parc, il avait fait des dessins et annoté les irrégularités de terrain. Il avait aussi fait un plan de l'aménagement intérieur des deux niveaux de la maison.

Cette maison qui était d'ailleurs semblable en tout point aux autres demeures du quartier.

Le jardin s'étendait sur environ deux mille cinq cents mètres carrés et la maison se dressait au centre.

Un mur en brique entourait le parc, et il y avait un grand portail en fer forgé aux dessins compliqués dont l'ouverture était commandée par un système électrique que l'on déclenchait à partir d'une voiture ou de la maison. Une longue allée remontait depuis le portail et contournait la maison en longeant les extrémités du jardin, passait sous un portique vers le parking situé derrière puis redescendait jusqu'au portail, complétant ainsi le tour complet du jardin.

Le voisin du *capo* était un pédiatre. L'homme qui habitait la maison en face était le représentant d'une société qui fabriquait une peinture vendue partout aux Etats-Unis. L'autre voisin était un professeur retiré.

Un quartier de bourgeois aisés qui vivaient sans ostentation.

Bolan avait appris qu'Angeletti y vivait depuis vingt-deux ans, depuis que sa femme était morte d'une pneumonie. Il ne semblait pas vouloir d'une maison plus grandiose, et ses enfants avaient passé une grande partie de leur enfance en pensionnat.

Il n'y avait ni petits-enfants, ni gendre, ni bru.

Philippa n'avait que dix ans à la mort de sa mère, et c'était sûrement pour cela, disaient les méchantes langues, qu'elle n'avait jamais appris à se conduire comme une femme normalement constituée.

Personne n'avait jamais essayé de trouver la raison pour laquelle Frank le Gosse refusait obstinément de se conduire en homme. Pourtant, par certains biais, il faisait preuve de virilité. On disait qu'il avait sauté toutes les prostituées de Philadelphie et des alentours. Mais l'on ajoutait qu'il ne s'occupait que des putes, jamais de femmes bien.

Dans ces conditions, il allait de soi que la maison modeste et bourgeoise suffisait amplement aux besoins du vieil Angeletti. Il ne tenait ni à impressionner les siens ni à épater la galerie depuis fort longtemps. De plus, le fisc ne pouvait pas lui poser de questions gênantes sur son train de vie luxueux, et pour cause : Don Stefano ne vivait pas dans le luxe. Du moins pas là.

Néanmoins, Bolan savait qu'il possédait sous des prête-noms d'autres propriétés où il s'isolait pour le week-end ou pour des vacances, s'entourant alors d'hommes de confiance. Il s'y rendait surtout pour échapper à ses enfants.

C'était pourtant pour ses enfants qu'il continuait à entretenir la vieille maison, et il y passait de longs moments en leur compagnie, mais leur vie commune ne ressemblait en rien à celle d'une famille normale.

Il s'agissait d'une adresse légale, et l'on enrobait ce lieu de rencontre d'un mythe familial qui relevait d'une immense hypocrisie, étant donné les gardes du corps armés jusqu'aux dents, les allées et venues tardives d'hommes du milieu, le roulement constant des amants de Philippa, et le cortège de putes qui arrivaient pour subir les assauts phalliques de Frank. De plus, il régnait dans les pièces de la maison une perpétuelle ambiance de nervosité agressive qui provenait de la lutte constante du vieux *capo* pour maintenir une emprise sur son empire croulant.

La famille (au sens criminel) Angeletti allait mal.

La première cause était l'âge du *capo* : il

avait soixante-quatorze ans. Il avait aussi des ulcères, de l'hypertension, de l'artériosclérose et des reins fragiles. Mais il avait un cœur à toute épreuve, et il était aussi mauvais que dans le temps.

Une grande partie de ses problèmes était due à des causes extérieures. D'abord, il avait perdu son anonymat grâce à Kefauver, puis à Kennedy et, ensuite, à ce vieux sénateur de l'Arkansas, McClellan. Les fédéraux l'agaçaient sans cesse, et depuis peu la police locale l'ennuyait pour des riens.

Aussi la *Commissione* le poussait en douceur mais avec insistance à moderniser ses opérations, à introduire dans ses rangs un sang nouveau, à consolider ses attaches avec l'organisation nationale.

Philly était une affaire de famille depuis trop longtemps — un anachronisme aux yeux de la Mafia moderne.

A une époque, Augie Marinello avait essayé d'arranger le mariage de Philippa et d'un jeune loup d'une famille de New York pour des raisons purement politiques, et aussi pour donner au vieux Don un second héritier qui ferait, en quelque sorte, partie de la famille.

Mais Philippa elle-même avait mis le holà à cette initiative, et le Don n'avait pas trouvé à redire parce qu'il n'avait pas été emballé non plus par le projet de Marinello.

C'était Frank, l'héritier Angeletti. Et, bon Dieu ! il allait apprendre le sens des responsabilités ! Même s'il fallait les lui faire entrer dans le crâne à coups de marteau.

Le vieux l'avait chargé de la *gradigghia* justement pour lui donner ce sens. Sans grand succès d'ailleurs.

Hélas, Frank n'avait pas de tête, et personne n'avait encore trouvé le moyen de transplanter le cerveau d'un homme dans le crâne vide de son fils.

Telle était la situation familiale d'Angeletti au cours de la nuit choisie par Mack Bolan pour faire une apparition.

Il n'avait aucune idée de ce qu'il allait faire, ni comment il allait s'y prendre. L'Exécuteur attendait simplement qu'une occasion se présentât pour qu'il puisse se tirer d'une situation impossible et reprendre l'initiative d'une guerre qui ne lui valait que des ennemis.

Il se rendait compte aussi que, plus le temps passait, plus les chances favorisaient ceux de l'autre bord.

Il savait que le quartier était bourré de flics de toute espèce, que ces flics avaient installé des barrages pour le piéger, que ce n'était qu'une question de temps avant d'entendre une seconde fois cet ordre odieux : *Police ! Jetez vos armes... mort ou vif... le choix vous appartient...*

Pourtant, on ne la lui donnerait plus cette chance : les flics auraient reçu l'ordre de tirer à vue. Et c'était mieux ainsi. Il n'y aurait même plus de décision à prendre, une balle brûlante le priverait du choix et de la vie.

Mais Bolan se demandait d'où parviendrait bien cette fameuse balle. Il s'était fourré dans de sales draps. En général il y avait une vingtaine de gardes chez Angeletti, mais le vieux avait sans doute doublé cet effectif depuis l'incident de *l'Emperor's Key Club*.

Il y avait des équipes de tueurs qui arrivaient de Buffalo et de Manhattan, et, en prime, un *feld-marschal* délégué par le chef des SS de la Mafia, Mike Talifero.

Il avait deux atouts possibles dans son jeu : Leo Turrin et Wils Brown.

Lors de leur dernière rencontre, Wils avait travaillé *avec* Bolan. Mais il était bien possible que l'ex-champion de football mutilé s'en soit voulu à mort depuis parce qu'il avait refusé d'encaisser les cent mille dollars de prime.

Turrin était un type formidable et un ami sûr. Mais il devait se protéger aussi. C'était un bon flic, et Bolan pensait qu'un bon flic resterait toujours et par-dessus tout un bon flic. C'était délicat d'accorder toute sa confiance à un homme qui se tenait constamment en équilibre sur une corde raide.

Donc... Il fallait attendre et voir.

Trois fois, en moins de dix minutes, Bolan avait entendu les policiers essoufflés passer à quelques mètres de lui de l'autre côté du muret qui entourait le parc Angeletti.

Par deux fois, dans le même laps de temps,

il aurait pu toucher des gardes de la famille Angeletti qui s'étaient rapprochés en se demandant ce qui se passait dans le quartier.

Une fois, le vieux lui-même était sorti sur le perron de service pour lancer au chef d'équipe :

— C'était quoi, l'explosion ?

— Un accident ou quelque chose, répondit vaguement le chef.

— Ça a dû être mauvais, les putains de téléphones sont morts.

Un autre garde marmonna qu'il avait cru entendre des coups de feu au moment de l'explosion. Mais avant qu'Angeletti ait pu lui demander de plus longues explications, un troisième garde arriva au trot et annonça :

— Y a des flics qui veulent entrer. Ils disent que Bolan se trouve dans le coin.

— Dis-leur d'aller fouiller dans le coin, aboya le vieillard. On s'occupera de nos oignons, qu'ils s'occupent des leurs !

— Mais c'est sérieux, protesta le garde. Ils disent qu'ils feront venir un mandat s'il le faut.

— Qu'ils fassent venir leur putain de mandat, alors ! s'écria Angeletti avant de rentrer dans la maison en faisant claquer violemment la porte.

Que faire ? Attendre. Attendre et voir.

Après tout, un homme mort n'avait plus rien à perdre.

Telle était la pensée de Mack Bolan lorsque

le portail s'écarta pour laisser entrer une superbe voiture italienne — une voiture visiblement de grande valeur — au volant de laquelle se trouvait l'atout de la Mafia, et cet homme, lui, avait beaucoup à perdre.

CHAPITRE XII

Il s'agissait peut-être d'une Maserati, mais la longue forme silencieuse qui glissait doucement sur l'allée ressemblait davantage à un requin dans la demi-obscurité. La voiture était décapotée. L'homme qui se tenait derrière le volant avait dû subir l'influence des coureurs d'antan, vus, revus et corrigés par le folklore américain, car il était vêtu comme un as de la Première Guerre mondiale et parodiait von Richthofen aux commandes de son Fokker.

Il portait une écharpe en soie blanche drapée sur son crâne (elle passait sous le menton pour flotter avec ironie par-dessus son épaule), des lunettes de course, et il s'était enveloppé dans un manteau de cuir blanc dont le col était relevé.

L'homme et la voiture semblaient sortir d'une annonce publicitaire : *Quelle sorte d'homme lit* PLAY BOY ? Et c'était peut-être en voyant un personnage identique que la campagne avait été lancée.

Lorsque l'engin s'immobilisa en douceur au croisement de l'allée devant la maison, Bolan put apercevoir un menton volontaire et une belle denture.

Le chef des gardes se tenait près de la Maserati, la main levée pour signifier cet arrêt obligatoire. Il fit deux pas pour se tenir près du conducteur, et Bolan l'entendit annoncer avec déférence :

— Veuillez vous identifier, monsieur.

L'homme releva les lunettes puis répondit d'une voix grave et assez agréable à l'oreille :

— Combien de fois est-ce qu'on va me demander ça ?

— Désolé, monsieur, c'est la routine.

Le chef d'équipe prit le porte-cartes qu'on lui tendait, examina les documents qui s'y trouvaient, rendit le portefeuille.

— Je suis content que vous soyez bien arrivé, Mr. Cavaretta, dit-il. Allez-y à pied, je rangerai la voiture.

L'homme émit un petit rire.

— Pas question, lança-t-il. Je l'ai achetée, je l'ai payée et je la gare.

— Elle est superbe, fit le garde en reculant de quelques pas pour mieux admirer la voiture. Elle a dû vous coûter un paquet.

— Trente mille dollars pour commencer et encore une dizaine en options, déclara le playboy de la Mafia.

Il tenait sans doute à tirer le plus possible de sa machine, et quel plaisir y avait-il à laisser les envieux dans l'ignorance du prix de son jouet ?

— Je ne l'ai eue qu'aujourd'hui, dit-il volontairement. Elle vient de rouler pour la première fois.

— Combien fait-elle ? Du deux cents ?

— Plutôt deux cent quatre-vingts. Je serais arrivé depuis une demi-heure si je n'étais pas tombé sur un tas de barrages. Qu'est-ce qui se passe ici ? J'avais l'impression de passer derrière le rideau de fer.

— Ben... c'est ce mec, vous savez. Il nous a joué des tours dans le coin. On dirait qu'il y a tous les flics de l'Etat qui s'amènent. Ils sont paniqués, ils s'effrayent dès qu'ils voient une ombre. Ils disent même qu'il se trouve dans le quartier.

L'homme au volant du requin de quarante mille dollars se mit à rire.

— Espérons-le, hein ? Il y a une blonde avec le feu aux fesses qui m'attend à New York.

Le garde se mit à rire aussi.

— Alors, vous pensez que vous ne serez pas longtemps avec nous, Mr. Cavaretta ?

— Pas assez longtemps pour que tu en viennes à m'appeler Johnny, rétorqua l'as en engageant la première.

L'atout en provenance de New York ne s'imaginait pas à quel point son séjour allait être bref.

Une ombre en noir se faufilait discrètement derrière lui à travers l'arpent du diable.

Il immobilisa la belle machine dans le dernier box puis descendit et en fit le tour complet, la contemplant avec admiration, se dirigea enfin à l'avant pour lever le capot et regarder le moteur.

Bolan s'était glissé dans les ombres de l'abri et se tenait à trois mètres du type.

Le chef d'équipe traversait le parc pour se rapprocher du portail.

Un autre garde se tenait sous le porche de la maison à quinze mètres de l'abri. Un autre encore longeait lentement le mur nord, vingt mètres plus loin.

Un quatrième personnage sortit de la maison, une tasse de café à la main. Il passa à côté de Bolan, s'approcha de la Maserati. C'était Frank Angeletti.

Il s'immobilisa près du pare-chocs avant, observa un silence gêné pendant quelques instants puis s'adressa à l'homme qui venait d'arriver.

— Don Stefano sait que vous êtes là. Il vous attend.

Le type ne prit même pas la peine de lever les yeux.

— Je viens dans un instant. J'ai l'impression que je perds de l'huile.

— Mais il attend, dit Frank le Gosse.

Il attendit encore un instant, plein d'hésitation, puis fit demi-tour et remonta jusqu'à la maison, passant une fois de plus tout près de Bolan.

Bolan eut momentanément pitié de lui. Cela devait être difficile pour le Gosse qui s'efforçait d'arriver à la hauteur de Don Stefano, d'autant plus qu'il se faisait rabrouer chaque fois qu'il tentait un effort. Les parents super-dominateurs élèvent des gosses super-dominés, et Frank en était l'exemple type.

L'as s'était penché au-dessus du compartiment moteur, il auscultait délicatement la mécanique en poussant de petits grognements mécontents.

Bolan avait repris la place de Frank le Gosse à ses côtés.

— Vous l'avez peut-être trop poussée, suggéra-t-il doucement.

— C'est quelqu'un à New York que je vais trop pousser si jamais il se passe ce que je crois... Voyons le joint de culasse...

— Faites voir, dit Bolan.

Il passa les bras autour de l'homme et, se tenant maintenant derrière lui, le poussa de son corps contre la carrosserie où il le tint immobile.

— Hé ! s'écria l'homme d'une voix étouffée. Ne me...

Les lunettes disparurent dans l'épaisse chevelure frisée, l'écharpe tomba sur les épaules tandis que l'avant-bras de Bolan se refermait sèchement sur la gorge du type, coupant court à sa protestation de mourant. Il était fort.

La sinistre lutte silencieuse ne dura pas

moins de cinq interminables secondes avant que Bolan n'ait pu enrouler les doigts de l'autre main dans les boucles du type puis appliquer la prise Vinh Ha qui, comme toujours, vint à bout de la résistance de l'anatomie humaine. L'épine dorsale de la victime s'écarta brusquement de la base de son crâne avec un bruit mat. La lutte prit fin, la tête du type bascula à un angle impossible, le corps s'affaissa lourdement.

Bolan laissa le cadavre drapé sur le garde-boue tandis qu'il vérifiait la position des hommes de garde. Puis il trouva les clés et ouvrit le coffre, retira son armement et la combinaison noire, les fourra à l'intérieur, déshabilla le type puis hissa son corps dans le coffre. Ensuite il enfila les vêtements spoliés.

La chemise lui allait bien, le pantalon moins bien. Il était trop court, la taille trop large. Bolan y remédia en le tirant bas sur ses hanches.

Quant aux boots de luxe, il réussit à y faire glisser ses pieds au prix de l'inconfort de ses doigts de pieds.

Le portefeuille était flambant neuf, ainsi que tous les documents qui s'y trouvaient. John J. Cavaretta était le nom qui figurait sur le permis de conduire, ainsi qu'une adresse à Manhattan. Une licence de détective privé donnée dans l'Etat de New York arborait le même nom, *idem* pour le port d'arme.

Il y avait une douzaine de cartes de crédit, un clip dans lequel étaient glissés cinq billets neufs de cinquante dollars, une liasse de billets de vingt dollars et une lettre de crédit sur une banque d'Atlanta pour la somme de cinquante mille dollars.

La moitié de la prime sur la tête de Bolan ? Peut-être.

Il y avait aussi dans le portefeuille une petite enveloppe en cuir dans laquelle se trouvait une gaine de plastique qui se dépliait pour l'examen d'une seule carte. Une espèce de carte de visite de la taille d'une carte à jouer; d'un côté il y avait en lettres gravées un numéro de téléphone et une adresse en haut à gauche, au centre il y avait John J Cavaretta et, en dessous, *Security Consultant*.

L'autre côté était effectivement la face d'une carte à jouer : l'as de pique.

Il s'agissait là d'une pièce importante, donnée par la *Commissione*.

Bolan empocha le portefeuille et lança le manteau blanc sur la banquette pour enfiler un blazer croisé qui s'y trouvait, laissé par Cavaretta. Le blazer lui allait bien, et Bolan remarqua que le tailleur l'avait coupé large du côté gauche pour cacher sans bosse un pistolet.

Pourtant, le tueur de la *Commissione* n'avait pas porté d'arme sur lui.

Bolan la découvrit dans un petit attaché-case rangé derrière le siège du conducteur. Un holster en cuir souple et un Browning automatique 9 mm avec treize balles dans le chargeur, ainsi que trois chargeurs supplémentaires. Il y avait un silencieux de taille réduite dans une pochette cousue sur le holster.

Cela irait.

Il referma l'attaché-case, le remit derrière le dossier puis ramassa les lunettes et l'écharpe qui étaient tombées par terre durant la lutte. Il rangea les lunettes avec le manteau blanc et s'entoura le cou de l'écharpe.

Il fit ensuite un tour du côté du coffre pour examiner le « détective privé ».

Ils ne se ressemblaient pas beaucoup, mais Bolan et le tueur mort avaient des points communs.

Il y avait deux longueurs de bandes adhésives collées sous la mâchoire du type. Bolan les arracha et découvrit deux fines cicatrices presque guéries.

Que le type se soit appelé Cavaretta ou autre chose, il venait de se faire modifier la tête. Cela faisait d'ailleurs partie de sa légende.

On disait qu'il changeait de visage et d'identité après chaque contrat.

Un drôle d'atout mais qui jouait, pour une fois, en faveur de Bolan.

Bolan lui retira les bandes du visage et les appliqua contre le sien, puis il chercha d'autres anomalies.

Il découvrit que l'homme portait des verres de contact bleus mais il n'y toucha pas, car il avait déjà les yeux de cette couleur.

Il fit encore une découverte : sur les doigts du tueur mort il y avait une sorte de seconde peau en plastique.

C'était intelligent et cela rendait inutile une paire de gants tout en apportant les mêmes garanties. Il n'y aurait pas d'empreintes digitales embarrassantes.

Il retira les petits bouts de plastique, les colla aux extrémités de ses propres doigts et se rendit compte que les petites gaines ne lui ôtaient pas le sens tactile.

Il commença à se dépêcher, car on bougeait à l'intérieur du parc ainsi qu'à l'extérieur.

Il s'occupait du cadavre lorsqu'il entendit des pas résonner tout près de l'abri, puis une voix qui lui demanda :

— Y'a un problème ?

Il fallait essayer d'imiter la voix du mort. Bolan se redressa, le visage maussade.

— Il y aura un problème pour quelqu'un dès que j'aurai ramené cette caisse à New York. Je n'ai jamais vu un travail si mal fait !

— Le vieux s'impatiente. Venez.

— J'arrive, j'arrive, répondit Bolan-Cavaretta. Donne-moi un coup de main. Prends les affaires sur le siège, emmène-les à l'intérieur. Et attrape ce qui se trouve derrière le dossier aussi.

Bolan n'avait jamais vu cet homme. Il

faisait sûrement partie des gardes de la maison. Il entra sous l'abri, tira les affaires de la voiture. Bolan s'affairait de nouveau dans le coffre.

— Ecoutez, monsieur, le vieux va faire une jaunisse.

Bolan leva la tête en souriant.

— Va lui tenir la main. J'arrive dans un instant.

Le type n'avait aucune envie évidente de rentrer seul, mais il fit demi-tour en maugréant et repartit d'un pas lent.

Bolan était fort occupé.

Il poussait les membres du mort dans la combinaison noire, harnachait le défunt de ses armes. Il scruta un instant la forme sombre, rectifia le pantalon puis claqua le coffre en soupirant.

Il y eut subitement davantage de bruit au bout du parc, et du mouvement.

Les flics qui se trouvaient de l'autre côté du mur arrivaient en escaladant l'unique obstacle qui les séparait de Bolan.

Le chef des gardes extérieurs arrivait au coin de la maison lorsque Bolan sortit de l'abri. Il agita amicalement la main et dit :

— Vous êtes arrivé juste à temps, Mr. Caretta. Les flics viennent de se présenter devant avec un mandat.

— Tant mieux pour eux, répondit Bolan en se dirigeant vers la porte de service.

L'homme qui lui avait servi de porteur se

tenait dans l'encadrement de la porte et l'attendait, chargé comme un mulet.

Les dés étaient jetés.

Bolan comptait jouer son atout, il venait de risquer gros, il allait risquer plus gros encore.

Dieu merci, il lui restait un as de pique.

CHAPITRE XIII

Il passa devant le porteur, entra dans la maison, suivit le couloir étroit jusqu'au hall et l'entrée, jetant des regards de chaque côté pour se renseigner sur le rez-de-chaussée. Un escalier en spirale grimpait près de la porte d'entrée jusqu'à une galerie au-dessus, plus loin il y avait un second escalier qui aboutissait dans le hall supérieur et menait, sans doute, aux chambres.

Sur la gauche, il vit une grande double porte, avec d'épais rideaux en velours, qui donnait dans un grand living bourré de meubles modernes assez lourds, un foisonnement de tables, de divans, de fauteuils dans tous les sens. Il remarqua une gigantesque télévision, il n'en avait jamais vu d'aussi grande, mais personne ne regardait ce qui se passait sur l'écran. Entre dix et douze hommes se tenaient dans la grande pièce, ils étaient assis par petits groupes et bavardaient à voix basse.

Sur sa droite, Bolan remarqua des portes coulissantes et une espèce de bureau-bibliothèque. Quatre hommes se tenaient de l'autre côté des portes entrouvertes. Frank le Gosse, le *caporegime* Carmine Drasco, un homme d'une cinquantaine d'années que Bolan n'avait jamais vu et dont l'expression contrite indiquait son état d'âme, et le Don lui-même.

Bolan prit immédiatement la parole, jouant de l'autorité que lui conférait son rôle d'émissaire de la *Commissione*. Sans s'adresser à quelqu'un en particulier, il lança à l'assemblée d'une voix élevée :

— Les flics arrivent. Un peu de nerf, hein ?

Il retira son blazer d'un mouvement brusque, claqua les doigts à l'intention de celui qui le suivait.

— Ouvre cette serviette et donne-moi ce qui s'y trouve en quatrième !

L'homme ouvrit maladroitement l'attaché-case tellement il se pressait, lança l'armement. Bolan saisit le holster au vol, s'harnacha. Grâce à Dieu, le réglage des sangles lui convenait parfaitement.

Enfonçant le Browning dans le holster, Bolan fixa Frank le Gosse d'un regard dur.

— Combien de ceux qui sont dehors sont des moustachus ?

Le Gosse bredouilla tellement il voulut répondre rapidement.

— H-hein? N-non, il n'y en a p-pas. Aucun.

— Et où sont-ils ?

— Planqués. Il y avait un plan prévu à cet effet. Ne vous en f-faites pas, ils sont à couvert.

— Ça vaudrait mieux, gronda Bolan.

Le vieil Angeletti lui envoyait des regards venimeux : il était hors de lui.

Bolan enfila de nouveau le blazer mais sans le boutonner et marmonna :

— Ce sera déjà ça. Les gars ont tous un permis ?

— Q-quoi ? demanda Frank.

Bolan attrapa l'homme qui se tenait derrière lui, ouvrit sa veste, saisit un revolver à canon court.

— Où sont les papiers pour ce truc ? demanda-t-il.

La main du type tremblait tandis qu'il tendait son permis à Bolan. Celui-ci le regarda brièvement puis le lui jeta à la figure.

— C'est plus valide ! hurla-t-il.

Il renfonça l'arme dans le holster du type.

— Débarrasse-t-en ! Et vérifie le permis de tous les hommes avant que les flics ne le fassent!

Le garde lança un coup d'œil sur Don Stefano en se balançant d'un air indécis.

— *Tout de suite !* tonitrua Bolan.

Angeletti posa une main sur l'épaule de Frank et le poussa doucement.

— Donne-lui un coup de main, commanda le vieillard. Il ne faut pas nous exposer à des ennuis techniques.

Frank le Gosse et le type, qui était le chef de la garde du palais, filèrent de l'autre côté du hall dans la grande salle.

De nouveau, Don Stefano avait tourné sur Bolan des yeux coléreux. Visiblement, on lui reprochait son manque d'égards.

Mais Bolan l'avait fait exprès. A présent, il se rapprocha du Don, baisa la vieille main flétrie.

— Vos amis à New York vous font savoir qu'ils pensent à vous et vous aideront de leur mieux, Don Stefano, déclara-t-il avec déférence.

Angeletti acquiesça, amadoué par le ton obséquieux. Il observa les bandes adhésives qui longeaient la mâchoire de Bolan. Les fines lèvres furent secouées d'un frémissement puis s'écartèrent, et le Don demanda à l'Exécuteur :

— Vous avez eu un accident ?

— Pas exactement, fit Bolan en se permettant un léger sourire.

Angeletti lui sourit à son tour.

— C'est très joli. Tu crois qu'on pourrait faire quelque chose avec une vieille gueule comme la mienne ?

— Vous seriez surpris par ce qu'on arrive à faire de nos jours, fit Bolan.

Le moment était venu de reprendre les choses en main. Il fixa Carmine Drasco.

— Salut, Carmine. Comment ça se passe dans le Southside ?

Le *caporegime* lui offrit un rictus gêné et répondit :

— Bien, très bien. Heu... c'est-à-dire... je ne sais pas comment t'appeler.

Le vieil homme caqueta victorieusement.

— C'est l'Homme invisible, s'écria-t-il. On le voit sans le voir !

Bolan fit jaillir la petite enveloppe transparente de son portefeuille et la montra à Angeletti. Le Don l'examina minutieusement d'un œil fasciné puis la passa à Drasco.

— Cavaretta... Cavaretta... Je connaissais un Cavaretta dans le temps... Il était guitariste dans une boîte à...

Bolan se mit à rire et reprit son portefeuille.

Le vieil homme gloussait tout seul en marmonnant une plaisanterie sur les chanteurs de rock qui portaient un as de pique dans la poche.

La porte s'entrebâilla, laissant apparaître une tête qui annonça :

— Ils sont dehors.

— Entre ! grinça Bolan.

Le type s'exécuta, referma la porte derrière lui.

Subitement nerveux, Don Stefano venait d'effectuer une petite pirouette qui l'entraîna dans la bibliothèque.

— Je m'en charge, promit Bolan. Allez vous asseoir.

L'homme qui venait de les prévenir de

l'arrivée de la police partit dans la salle de garde. Angeletti s'installa à son bureau dans la bibliothèque.

Bolan fixait le quatrième homme du petit comité près de la porte. Celui-ci venait de s'écarter légèrement.

— Je ne crois pas connaître ce monsieur, dit Bolan à Carmine Drasco.

— Ah! je suis navré, Johnny. C'est le docteur Kastler. Il est venu soigner... Doc, voici notre ami de New York, Johnny Cavaretta.

Bolan accorda au docteur un vague regard, ignora la main tendue vers lui.

— Qui a été blessé? demanda-t-il. Pas un coup, j'espère.

— Non, non, fit le docteur. Des brûlures aux premier et deuxième degrés sur les bras et le torse. Il ne risque rien.

— Notre ami Jules Sticatta, expliqua Drasco. Ses vêtements ont pris feu.

Bolan émit des bruits de sympathie.

— C'est désolant pour notre ami Jules.

La sonnette de la porte retentit.

— C'est moi qui parlerai, déclara Bolan en se dirigeant vers l'entrée.

Il lissa le blazer, remarqua qu'il y avait quelque chose dans la poche sur la poitrine, y découvrit une paire de lunettes teintées avec une fine monture en or. Il les posa sur son nez, observa que le verre gauche était correcteur mais pas suffisamment fort pour le gêner. Chaque détail était essentiel à cet instant. Il laissa les lunettes, ouvrit en grand la porte, se tint au centre de l'ouverture, barrant l'entrée de sa présence.

Une nuée de flicaille en bleu se tenait sur les marches du perron, leurs collègues arrivaient du fond du parc.

Un grand type blond en costume gris et en manteau se tenait un peu sur le côté, les yeux braqués vers le fond du jardin. Un second civil, plus petit et le style italien, se tenait près de lui et scrutait Bolan.

— Vous êtes venu admirer la vue ou pour nous ennuyer ? demanda Bolan.

Le grand flic se retourna, lui accorda un regard glacial. Poussant un soupir, il tendit une feuille de papier administratif pliée.

— Mon permis d'ennuyer, précisa-t-il d'une voix sourde.

Bolan ne regarda même pas le mandat.

— Bien, entrez, fit-il en s'écartant du passage.

Les deux flics en civil passèrent dans le hall suivis par la bleusaille.

— Tant pour faire si peu ? commenta Bolan.

— Vos papiers, s'il vous plaît, grinça le grand flic.

— Les vôtres d'abord, rétorqua Bolan.

Le flic exposa brièvement son écusson. Bolan sourit ironiquement.

— Il faudra faire mieux que ça.

— Qui joue les emmerdeurs, maintenant ?

gronda le policier en tendant ses papiers d'identité sous les yeux de l'Exécuteur.

Il vit Drasco, agita amicalement la tête.

— Salut, Carmine.

— Salut, capitaine. Vous avez l'air épuisé.

— Je le suis, répondit le flic.

Bolan ignora cet échange, rendit les papiers, désigna l'Italien d'un coup de tête.

— Lui aussi.

Sans un mot, l'homme présenta ses papiers du F.B.I.

— C'est un mandat fédéral, ce truc ? demanda Bolan.

— J'ai le droit d'être ici, dit l'agent du F.B.I., mais j'attendrai dehors si vous préférez.

— Ça changera quoi ? fit Bolan en haussant les épaules. Restez.

— Voyons vos papiers maintenant, rappela le grand flic.

— Lui, ça va, déclara Drasco. Je m'en porte garant.

L'expression qu'arborait le visage du capitaine en disait long sur les hommes pour lesquels Carmine Drasco se portait garant.

Bolan voulut lui tendre le portefeuille mais le flic, un certain capitaine Thomkins, lui dit :

— Tenez-les vous-même, s'il vous plaît, et montrez-moi votre permis de conduire.

— Et si je ne savais pas conduire, hein ? fit Bolan.

— Il vaudrait mieux que vous puissiez me montrer quelque chose en tout cas, monsieur.

Bolan lui octroya un large sourire, offrit à son regard le permis de conduire de l'Etat de New York, puis la licence de détective privé. Les yeux du flic brillèrent brièvement.

— New York, je vois. Vous êtes un peu en dehors de votre territoire, n'est-ce pas ?

— Mais dans les temps. Je suis arrivé aujourd'hui.

— Passez donc à la préfecture demain matin pour vous enregistrer. Là, c'est un port d'arme ? New York ?

— Je serai de nouveau dans l'Etat de New York avant minuit, lui promit Bolan.

Il lui montra la face officielle de la carte à jouer juste pour s'amuser.

— Conseiller sur la sécurité, hein ? commenta Thomkins. Vous devez avoir un carnet chargé.

— Je fais tout pour, rétorqua Bolan en souriant. Dites, vous n'allez pas infliger ce traitement à tous les hommes présents, j'espère.

— Vous voulez lire le mandat ?

L'agent du F.B.I. jetait des coups d'œil sur les environs immédiats de la baraque.

— Soyons sérieux, dit Bolan au grand capitaine sur un ton confidentiel. Je suis persuadé que vous autres avez mieux à faire. Allez-y, faites votre devoir. Essayons d'être efficaces et rapides.

— Nous voulons parler à Stefano Angeletti.

— Ça aussi, c'est sur le mandat en noir et blanc ?

— Non. Mais je suis sûr qu'il tient à coopérer. Assez curieusement, nous avons pour une fois le même but, et j'ai honte de le dire.

Bolan désigna la bibliothèque d'un coup de pouce.

— Il est là-dedans. Mais il se fait tard, il est fatigué. C'est un vieillard, après tout, voici son médecin.

Bolan indiqua Kastler d'un second coup de pouce.

— La journée a été rude, je suis sûr que vous me comprenez.

— A qui le dites-vous ? grinça Thomkins en partant vers la bibliothèque.

Drasco et Kastler le suivirent dans la pièce.

Un flic en civil plus jeune entra de l'extérieur, dévisagea Bolan un instant puis entraîna les policiers en uniforme dans la grande salle de garde.

Un second groupe passa par la porte ouverte, monta l'escalier vers le premier étage.

Bolan et l'agent du F.B.I. se retrouvèrent seuls dans le hall.

L'homme le scrutait avec insistance. Il s'éclaircit la gorge et dit à voix basse, discrètement :

— Brognola vous fait ses amitiés.

Le cœur paralysé, les poumons bloqués,

Bolan fit un immense effort sur lui-même pour conserver son expression calme.

— Qui ?

— Il dit que ce n'est pas le moment pour un assaut.

Bolan parvint à simuler une espèce de rictus incrédule.

— C'est pas vrai, dit-il d'une voix ironique. Pas *vous. Amicu di l'amici ?*

— Laissez tomber et allez au diable, répondit l'agent fédéral sur un ton de dégoût en se dirigeant vers la bibliothèque.

Bolan le regarda s'éloigner.

— Je suis déjà chez lui, murmura-t-il dans un chuchotement inaudible.

Il éclata à cet instant au niveau supérieur un bruit d'enfer qui tira le jeune flic en civil de la grande salle des gardes. Confondus, deux policiers en uniforme battaient lâchement en retraite sur la galerie vers l'escalier, poursuivis par une multitude d'objets volants, dont certains s'écrasaient sur le mur derrière eux et dont les éclats de terre cuite, de porcelaine et de verre chutaient en cascade brisée vers le sol du hall au rez-de-chaussée.

Une jeune femme apparut au sommet de l'escalier; l'invective en forme de jurons et de mots orduriers fusait de ses lèvres comme une source vive. Elle n'était vêtue que d'un soutien-gorge et d'un slip diaphanes.

Frank le Gosse sortit dans le hall en trombe.

— Philippa ! s'écria-t-il.

Le jeune flic commençait à grimper. Bolan l'écarta, passa devant en grondant :

— Permettez...

L'un des flics en uniforme lança à Bolan, tandis qu'il passait en esquivant la trajectoire d'une assiette d'apparat :

— Nous devons fouiller cette chambre...

— Mais bien sûr, fit Bolan. Suivez-moi.

Il évita de peu un vase, ramassa la jeune femme, l'entraîna au fond du couloir, la portant sous le bras. Par-dessus l'épaule, il lança aux flics :

— Allez-y, ne traînez pas !

Les flics s'exécutèrent.

Philippa la Salope se débattait violemment, donnait force coups de pied et tentait d'arracher le mollet de Bolan avec ses incisives.

De la main libre, il lui saisit les cheveux, redressa brutalement sa tête.

— Tu fais honte à ton père ! Tu es malade ou quoi ?

— Je vais vous *tuer* ! glapit-elle. Je vais vous tuer, *tous* !

Le jeune flic les croisa, octroya à Bolan un sourire d'encouragement puis alla assister les hommes en bleu.

Bolan avait reconnu ce policier. Il avait passé un moment agréable en sa compagnie quelques heures auparavant.

La fouille sommaire dura quelques secondes. Les flics repassèrent près de Bolan en lui laissant autant que possible le champ libre. Bolan porta la fille jusqu'à sa chambre, la déposa sans grands égards sur le lit.

— Tiens-toi tranquille, dit-il doucement avant de ressortir.

Elle s'était calmée et fixa pensivement la porte que Bolan venait de refermer.

Plus loin, sur la galerie, un homme fit son rapport à un autre qui se trouvait dans le hall en dessous.

— Rien en haut.

Les flics repartaient.

La crise était passée, Bolan s'en était sorti une fois de plus.

Mais d'autres tempêtes se préparaient, la nuit ne faisait que commencer pour Mack Bolan. Il s'étira, retira les lunettes à monture dorée puis descendit examiner la situation telle qu'elle se présentait. Ce serait peut-être sa dernière nuit sur terre.

CHAPITRE XIV

Le capitaine Thomkins réunit ses chefs d'équipe pour une mini-conférence devant le portail dans la rue, et, peu après, l'armée de policiers qui tenait le quartier commença à décamper.

Avec l'agent du F.B.I., Joseph Persicone, le capitaine monta dans sa voiture : il était le premier à partir. Il avait la gueule d'un homme qui pourrait se mettre à pleurer d'un instant à l'autre.

Persicone observa le silence pendant plusieurs minutes mais, dès qu'ils furent éloignés du quartier, il dit :

— Ce type, Cavaretta... Pendant un instant j'ai eu l'impression qu'il était Mack Bolan. Et en plus je me suis ridiculisé, il a cru que j'étais un *amicu de l'amici,* un ami des amis, un flic marron.

Thomkins émit un grognement sourd.

— Vous pourchassez ce type à travers tout le pays, Joe. Moi, je suis reconnaissant de n'avoir à le subir qu'ici. Dire que vous essayiez, il y a quelques minutes, de me persuader qu'il était mort.

— Je sais, soupira Persicone.

— De toute façon, ce n'est pas possible. Je sais ce qu'il est, ce Cavaretta. Je vais me renseigner sur son compte, seulement pour le plaisir, parce que je le sais déjà. Vous avez vu ses bouts de doigts ? Masqués, truqués. Il a été envoyé par les vieillards de New York. Et c'était évident qu'il agissait sur leur autorité. C'est lui qui dirigeait tout. Vous avez vu comment il s'y est pris avec cette petite garce de Philippa ?

— La jeune femme hystérique ? J'en ai vu un peu, oui. C'est donc la fille d'Angeletti ?

— Elle-même.

— J'ai eu l'impression qu'elle n'était pas très aimée du personnel de la maison. J'ai entendu des rires et de l'encouragement lorsque Cavaretta l'a ramassée. Même le vieux chuchotait « Frappe-la, frappe-la ! ». Je le plains, ce vieux. Je suis Italien moi aussi, vous savez. Je sais ce qu'il ressentait.

— Alors, dites-moi quelque chose, Rital. Je me suis souvent demandé ce que ressentait la *fille*. Elevée dans cette philosophie de soumission. Elle sait parfaitement ce qu'est son père, elle sait ce qu'il a fait pour y arriver. Où est sa *place* ?

— Mais elle n'a pas de place, répondit doucement Persicone. Il ne faut mettre en cause ni la Mafia ni le vingtième siècle; dans les familles italiennes traditionnelles, une femelle n'a pas de place. Elles font la cuisine, mettent des enfants au monde, les élèvent, leur donnent une instruction religieuse, et elles deviennent le nombril de l'univers pour la famille. Mais elles n'ont rien à dire, pas droit au vote, pas droit à une opinion sur les affaires de leurs hommes. Pire, il leur faut pleurer en privé.

— Et c'est encore comme ça ? demanda Thomkins. Toujours ?

— Dans une famille comme celle que nous venons de quitter ? Oui, bien sûr.

— Alors, c'est logique, déclara le capitaine. L'état de Philippa, je veux dire. Elle est prête à exploser. Pas une madone soumise, celle-là.

— J'en prends bonne note, fit Persicone. Je m'en souviendrai dans l'avenir. Si toutefois Bolan nous laisse un avenir.

— A votre avis d'expert en la matière, gronda le capitaine, il va réapparaître dans cette ville ou pas ?

— S'il n'est pas mort, il n'a pas fini.

Persicone avait répondu sans même prendre une seconde pour réfléchir.

— Il n'est pas mort, déclara doucement le capitaine Thomkins.

— Alors, il n'a pas fini.

Le capitaine soupira, enfonça une cigarette entre ses lèvres, donna un coup vicieux sur l'allume-cigare du tableau de bord.

— Moi non plus, fit-il.

Persicone lui envoya un sourire.

— Comment, comment ? Plus de lit, plus de scotch ?

— Pas avant que ce ne soit fini avec ce type.

— La nuit sera longue, conclut Persicone en soupirant.

Thomkins alluma la cigarette, souffla bruyamment un nuage de fumée.

— J'ai déjà l'impression qu'elle dure depuis une éternité. J'ai laissé Strauss en place. Il est jeune, il tiendra le coup.

— Quel coup ?

— Le suspense. Je l'ai posté en faction. Je lui ai dit de ne pas rentrer avant d'avoir pris Bolan à la gorge.

— Ça pourrait être très dangereux pour un homme seul...

— Il n'est pas seul. Trois équipes se tiennent au large pour lui prêter main forte.

— Ce n'est plus une surveillance, c'est un éclaireur aux portes du château ennemi.

— C'est parfaitement exact, avoua le capitaine.

Don Stefano était monté prendre des nouvelles de Philippa.

Le docteur Kastler était parti, ayant laissé des tranquillisants pour Philippa et Jules Sticatta.

Frank le Gosse avait dégoté tout un tas de

tranquillisants dans le bar de la bibliothèque, du coup il avait sombré dans une stupeur pesante. Il lui faudrait un véritable choc pour le tirer de son état végétatif.

Bolan-Cavaretta s'était promené à travers le parc pour encourager les troupes, muni d'une des meilleures bouteilles de bourbon de Frank, puis il était revenu avec la bouteille vide, s'étant fait une foule d'amis.

Il trouva Carmine Drasco assis à une table de bridge en compagnie de ses hommes et il l'entraîna dans la cuisine pour lui parler.

Il était très évident que Drasco lui vouait une admiration sans borne. Il bombait le torse tant il était flatté de conférer avec l'émissaire de la *Commissione* et il n'en pouvait plus d'avoir envie de faire bonne impression.

Bolan le calma tout de suite entre les gorgées de lait qu'il buvait à même le carton, adossé contre la porte du réfrigérateur.

— Tu es dans le pétrin, Carmine, annonça Bolan. On te croyait plus fort que ça.

— Hein ? Comment ? Je ne comprends pas, fit Drasco d'une voix surprise.

— J'ai mieux à faire que de perdre mon temps à jouer au con avec des gars comme ça.

— Quels gars ? Je ne sais pas... Que s'est-il passé ?

— Dis-moi, toi, ce qui s'est passé, continua Bolan. Que s'est-il passé dans cette ville de cons aujourd'hui, Carmine ?

— Mais... mais... Oh, putain, vous ne pouvez pas vous en rendre compte. Ça a été l'enfer, une catastrophe derrière l'autre.

Bolan se radoucit subitement, sourit amicalement, passa le bras autour des épaules du *caporegime,* l'entraîna au bout de l'office. Il baissa la voix pour chuchoter :

— J'en sais plus que tu ne le crois. Dis, pourquoi je suis ici, à ton avis ?

— Ben, Don Stefano nous a dit que... que vous veniez nous débarrasser de Bolan. C'est pas ça ?

— Bolan vous a emmerdé, Carmine ?

— Plutôt, oui ! Il a descendu Cappy ce matin de bonne heure. Puis il nous a flanqué une rouste terrible à l'*Emperor's* cet après-midi et... Il fallait y être pour comprendre. Il...

— Tu l'as *vu,* Carmine ?

— Qui ? Bolan ? Mais bien sûr...

— De tes propres yeux, tu l'as vu... ?

— Eh bien... non, je ne pense pas. Mais il y en a qui l'ont vu. Il a laissé une trentaine de morts sur son passage, ces gars-là ont dû le voir.

Le *caporegime* de Southside avait parlé à voix basse comme Bolan. Tout à coup il haussa le ton.

— Mais pourquoi est-ce qu'on parle comme dans une église ?

— Continue comme ça ou ferme-la ! cracha doucement Bolan. Il pourrait y avoir des micros partout. Ecoute ! Qu'est-ce qui te fait croire que c'était Bolan cet après-midi ?

— Qu'est-ce qui me fait *croire*... ? Vous voulez dire... ? Je ne comprends plus, Johnny. Qu'est-ce que vous voulez me dire ?

Bolan le poussa jusqu'au bout de l'office dans un coin.

— Tu sais, moi, je ne fais partie d'aucune famille. Tu vois ? Comme un gars qui habiterait Washington DC, hein. Je ne dépends d'aucune loi d'Etat. Correct ? Je dépends d'un petit groupe, tu vois lequel. Le groupe est mon patron, Carmine, et le groupe vient de me dire : « Fais ce que tu pourras, Johnny. Parle aux types à Philly, mais parle-leur discrètement. Et ne fais rien avant que la situation se soit éclaircie. »

— *Quelle* situation ? gémit Drasco.

— Ici, quoi.

Bolan regarda autour de lui en roulant les yeux, haussa les épaules, se tapota la poitrine puis fixa le sol.

Carmine Drasco était à deux doigts d'une attaque, les veines de son cou et de ses tempes étaient dangereusement gonflées et cramoisies. Il jetait des regards nerveux de tous les côtés, respirait par saccades. Il s'écria en chuchotant :

— Mais qu'est-ce que vous me racontez ?

— Je ne te raconte rien, affirma doucement Bolan-Cavaretta d'une voix sinistre. Mais je vais te *montrer* quelque chose, Carmine.

Après, tu prendras toi-même tes décisions. Je te l'ai dit, je dois rester neutre. Et je le resterai jusqu'à ce que la *Commissione* m'ordonne de faire autrement. Tu vois ?

Carmine voyait.

Il faut dire qu'il venait de passer une curieuse journée à Philadelphie et qu'il était tout prêt à croire n'importe quoi.

Johnny Cavaretta se montrait vachement sympa de lui faire connaître des secrets d'une importance vitale. Il fallait que ce soit... Oui, Carmine Drasco était prêt à croire à n'importe quoi.

Pourtant, il ne s'était pas préparé à voir ce que Bolan-Cavaretta avait coincé dans le coffre de la Maserati.

Bolan l'emmena jusqu'à l'abri sans lui souffler mot, leva le coffre, lui dit :

— Regarde-moi ça et tire tes propres conclusions. Mais — et il faut le jurer sur ta tête, Carmine — pas un mot, pas un mot de ça à quiconque.

Carmine regarda et ses yeux faillirent sauter de leurs orbites. Il tendit la main, palpa le visage inerte puis cracha dessus.

Bolan le repoussa, reclaqua le coffre, tira le *caporegime* muet et titubant de nouveau vers la maison.

Drasco s'effondra dans un fauteuil, passa une main tremblante sur son visage.

— Je ne comprends plus rien... je... Depuis quand se trouve-t-il là-dedans, Johnny ?

— Depuis environ midi, mentit sans vergogne Bolan-Cavaretta.

— Eh bien... oui, O.K. C'est ce que je commençais à me dire d'après ce que tu m'as... Enfin, je veux dire...

Il n'était plus lui-même, partagé entre la joie et la terreur.

Bolan s'occupa du second sentiment.

— Je te l'ai dit, Carmine. Tu as regardé, maintenant tu dois conclure pour toi-même.

— Mais... si vous l'avez pris à midi... alors... non, attendez. Alors, qui... ?

Bolan acquiesça lentement, lui adressa un clin d'œil.

— Précisément, dit-il. Qui a fait le coup à l'*Emperor's Key Club* ?

— Moi, je n'en ai pas la moindre idée en tout cas, déclara Drasco d'une voix rauque. Pour dire la vérité, moi, je n'ai rien *vu* du tout !

Subitement, il fit des yeux ronds puis s'écria :

— Hé ! Dis donc... !

Il quitta le fauteuil, tituba jusqu'à la porte de la grande salle.

— Le salaud ! grinça-t-il. Le sale fumier !

— Quel sale fumier ? demanda doucement Bolan.

— Il a juré qu'il l'avait *vu*, qu'il l'avait *vu* grand comme le jour, c'est ce qu'il a dit ! Et cette petite *pute* ! Elle a dit qu'elle l'avait *touché* ! Vous y pensez ! Qu'elle l'avait *tou-*

ché ! Moi, je croyais qu'elle était seulement... Mais elle le répétait sans arrêt, elle l'avait *touché* ! Nom de Dieu, quel con je fais ! Pauvre Jules, il s'est presque fait incinérer vif !

Drasco retourna vivement les yeux, fixa Bolan, lui offrant la vue d'un homme loyal, démoralisé et trahi par son chef. Il en avait presque les larmes aux yeux lorsqu'il demanda :

— Mais pourquoi a-t-il fait ça, Johnny ?

Bolan avait honte, et il n'eut pas à feindre la tristesse lorsqu'il répondit :

— Mais parce qu'il est vieux, parce qu'il est mourant, voilà pourquoi. Parfois les vieillards désespèrent, surtout lorsqu'ils savent qu'ils vont laisser la pagaille derrière eux. Il ne faut pas trop lui en vouloir.

— Non, non, non. Là, vous vous foutez dedans. Ce n'était pas Stefano. C'était ce gosse de merde, cet enculé de Frank, ce minus sans cervelle. Il s'agissait de *ses* hommes, de *ses* moustachus — et il en a même fait buter tout un tas seulement pour nous avoir, nous ! Qu'est-ce que vous pensez d'un gosse qui abattrait son propre père ?

— Et il a même raté ce coup-là, ajouta Bolan.

— Ah, ça, oui ! Il a seulement descendu des gars à lui et fait brûler ce pauvre vieux Jules. Ce petit pourri ! Je vais...

Bolan l'attrapa brutalement par le bras

tandis qu'il commençait à s'élancer dans la salle des gardes.

— Tu ne feras rien ! dit-il froidement. Ne t'en fais pas, le conseil y pouvoira. C'est pourquoi je suis là.

— Mais, nom de Dieu ! Qu'est-ce que je fais, moi ? Je reste sur mon cul à me marrer doucement ?

— Je vais te dire ce que je ferais à ta place, Carmine. Ensuite la décision sera la tienne. Si c'était moi, j'emmènerais Jules chez lui, sans détours. Il est blessé, il sera mieux dans son lit. Je ferais ça avant tout. Ensuite, je rassemblerais ses hommes, je les mettrais sur pied de guerre et je leur dirais de descendre le premier moustachu qui se présenterait. Ensuite, je rentrerais chez moi et je ferais la même chose avec les miens, et après j'attendrais sur place que Johnny Cavaretta fasse son boulot comme il en a l'habitude.

Drasco jetait des regards hagards à travers la cuisine. Il pensait, il réfléchissait à sa survie. Finalement, il demanda :

— Et Stefano ?

— Johnny Cavaretta se trouve aux côtés de Stefano, Carmine.

Drasco respirait bruyamment, il réfléchissait toujours.

Bolan alluma une cigarette et la lui passa.

Le *caporegime* respira à fond encore deux

ou trois fois, ignora la cigarette tendue puis demanda :

— C'est pour ça que vous êtes là ?

— Exactement. Sinon je ne serais pas venu à Philly, je l'ai descendu dans le New Jersey.

Drasco prit sa décision. Il saisit la main et ne cessa de le serrer durant tout son discours.

— Je veux que vous le sachiez, Johnny, vous et tous nos bons amis à New York, qu'on ne m'a jamais fait une telle fleur. Je vous en suis reconnaissant de tout mon cœur. Toutes ces années que j'ai passées avec Stefano, et il n'a jamais fait une chose pareille pour moi, pour Carmine Drasco. Il est resté assis sur ses fesses une fois lorsque Cappy m'a fauché une parcelle de territoire, il ne m'a donné aucune explication, il ne m'a même pas prévenu, il n'a même pas toussé. Je suis sincère, Johnny, je n'oublierai jamais ce que vous avez fait pour moi.

— J'en suis persuadé, Carmine, répondit ce fumier de Bolan. J'en suis persuadé.

Cinq minutes plus tard Drasco et ses hommes ainsi que Jules Sticatta, bourré de tranquillisants, se trouvaient hors de l'enceinte et ralliaient leurs fiefs respectifs.

Bolan les avait expédiés grâce à son atout. Et il les aiderait de son mieux à détruire leurs propres maisons. Eux, Frank le Gosse, et toute la merveilleuse *gradigghia*.

CHAPITRE XV

Bolan fit savoir à son nouveau copain, le chef d'équipe extérieur, que personne — personne — ne devait passer le portail sans avoir montré patte blanche à Johnny Cavaretta en personne. Puis il partit à la recherche de Don Stefano et le retrouva assis derrière son bureau dans la bibliothèque, les yeux haineusement rivés sur son fils et héritier qui avait du mal à maintenir son équilibre au sommet du tabouret de bar.

Le vieil homme se retourna en soupirant et déclara à l'Exécuteur :

— J'aurais dû avoir un gosse comme toi, Johnny.

— Laissez-lui le temps, Steven, dit Bolan en se servant du prénom américanisé du Don, prérogative des autres *capi*. Il pourrait encore vous surprendre.

— Pas ce soir, remarqua le Don.

— Il fait ça souvent ?

— Non, normalement il file dans le lit d'une pouffiasse et la darde à grands coups de queue. Ce soir, le bar était plus pratique.

Bolan émit un petit rire.

— Vous êtes peut-être trop dur avec lui.

— Trop dur, mon cul ! ironisa méchamment Angeletti. Je lui ai tout donné sur un plat d'argent et il en a fait de la merde.

— On vous a déjà *donné* quelque chose, Steven ? demanda doucement Bolan.

— Hein ? Moi, on ne m'a jamais *donné* quoi que ce soit... Ah, je vois où tu veux en venir. Tu as peut-être raison. J'y avais déjà pensé aussi.

Il y eut un silence que Bolan rompit finalement.

— J'ai fait changer la garde dehors. Et j'ai renvoyé chez eux Jules et Carmine.

Une veine se dessina dangereusement sur le cou flétri du vieux, et il se raidit dans son fauteuil.

— Je leur avais dit de rester ici, protesta-t-il énergiquement. Qu'est-ce qui te prend de donner des ordres à mes hommes ?

— Dites, ils ont eux aussi des biens à surveiller, lui rappela Bolan. Il n'y a pas qu'ici que ce gars pourrait se montrer. Vous êtes amplement protégé. Détendez-vous et laissez-moi faire.

— Détends-toi toi-même, hurla le vieillard. Il s'agit de ma peau, il n'y a pas à se détendre !

— Il y a cent flics dehors, annonça Bolan. Vous payez vos impôts, récupérez-en une partie.

— Je croyais qu'ils étaient repartis, avoua le vieux en se calmant un peu.

Bolan émit un autre petit rire.

— Ils ne sont pas loin. Ne vous en faites pas. Ce type ne pourrait pas approcher la maison à moins de cent mètres ce soir. Mais s'il y parvient...

Bolan frappa de la paume un personnage imaginaire.

— Il tombera dans le piège et on lui fera sauter la tête. Vous devriez avoir plus de respect pour la police de Philadelphie, Steven.

Le vieillard caqueta et prit un cigare. Bolan lui tendit du feu.

— Il n'y en a plus beaucoup comme vous, Steven.

— C'est gentil de me dire ça, Johnny. Parce que j'ai du respect pour toi également. Je sais ce dont tu es capable... ce que tu as déjà fait. Le travail au New Jersey le mois dernier était... le boulot le mieux fait que j'aie vu de ma vie entière, et, crois-moi, j'en ai vu.

— C'est très flatteur, remarqua Bolan.

Il se mit à rire.

— On fait une belle équipe, vous et moi. Dommage que vous n'ayez pas quarante ans de moins et des seins.

Le vieil homme s'esclaffa gaiement, tant et si bien qu'il commença à s'étrangler, dut boire une gorgée de vin et frappa joyeusement la surface du bureau pendant une trentaine de secondes, en proie à une crise de totale hilarité. Puis il jeta un coup d'œil malicieux sur son invité et lui dit :

— Je connais quelqu'un qui s'appelle Angeletti et qui correspond exactement à ce que tu recherches. Et cette personne ne se nomme pas *Frank*.

Bolan rit et leva les mains au-dessus de la tête.

— Ne commencez pas à me fiancer, Steven. Je ne suis pas encore prêt à assumer des responsabilités.

— Tu pourrais tomber plus mal, observa peu sérieusement Angeletti. Et je te parie qu'elle ne pourrait pas t'en faire voir à toi.

— Je m'en souviendrai, lui promit Bolan.

— Oui, c'est ça. Je... heu... pour te dire la vérité, Johnny...

Bolan le fixa.

— Je suis toujours prêt à écouter la vérité, Steven.

Les yeux voilés du vieillard se braquèrent brièvement sur celui qui trônait maladroitement sur le tabouret près du bar. La voix d'Angeletti bascula de plusieurs décibels.

— Je suis prêt à abandonner avec Frank. Je veux dire... soyons sérieux, Johnny. Le gosse ne parviendra jamais à se ressaisir. Et je...

Bolan l'interrompit d'un geste. Il se rembrunit subitement.

— Steven, je vous en prie, je vous en prie.

N'en parlons pas. Pas à ce sujet. Pourtant... je connais votre problème, je sympathise, mais... Mais je suis trop concerné et je...

Le vieux s'était perché sur le bord du fauteuil, ses yeux étaient rivés sur le visage de Bolan, le regard troublé.

— Heu... je ne comprends pas très bien, Johnny. Tu es trop concerné par *quoi* ?

— Laissons tomber, voulez-vous ?

— On ne va rien laisser tomber du tout ! Allez, raconte !

Bolan lui sourit amicalement.

— On a dit qu'on faisait la paire, vous et moi, exact ? Alors laissons cela, et nous n'aurons rien à nous reprocher. Vous n'aurez jamais à vous dire que vous avez parlé de ce sujet avec Johnny Cavaretta et qu'il ne vous a jamais glissé le moindre tuyau. Epargnez-moi cela, Steven.

— Eh bien, attends. Je respecte ton... Je ne voudrais pas insister, Johnny. Mais s'il y a quelque chose que je devrais savoir, alors je devrais le savoir. Tu ne peux pas me faire ça, Johnny. Tu ne peux pas me laisser entendre quelque chose puis la refermer tout de go. Je te donne ma parole d'honneur que jamais, au grand jamais, je ne trahirai la confiance d'un ami.

Bolan le dévisagea longuement, baissa les yeux, étira le cou.

— Non, non. Je ne peux pas vous en parler, Steven. Je ne supporterais pas d'avoir à informer un homme que je respecte autant que vous que ses problèmes d'héritage sont terminés.

— Comment ?

— Non, je ne pourrais pas dire cela à un homme qui a tant fait pour l'organisation. Pendant tant d'années. Non, je ne le pourrais pas. Pas même si je me trouvais assis à la table de conférence lorsque le problème a été résolu. Je ne pourrais toujours pas lui en faire part.

Don Stefano ralluma le cigare. Ses mains tremblaient. Il but une gorgée de vin, et les mains tremblèrent de plus belle.

— Quand te trouvais-tu à cette table, Johnny ? demanda-t-il d'un murmure inaudible.

— Je ne devrais pas vous le dire, Steven. Je vous en prie.

— Aujourd'hui ? C'était aujourd'hui ?

— Disons que je suis arrivé à New York ce matin. Je me trouvais dans la campagne au New Jersey depuis un mois, depuis ce boulot dont on parlait.

— Je vois.

Apparemment, le vieillard voyait beaucoup...

— Merci, Johnny. Encore une chose. En toute confiance. Ecoute, je suis un vieil homme. Qu'est-ce que je *pourrais* y faire ? Même si je le voulais ? Après toutes ces années passées à servir, est-ce que tu crois que je m'opposerais à la décision de l'organisation ? Je veux forcément ce qu'elle veut. Mais j'ai le droit de savoir. Après toutes ces années, j'en ai le droit. Qu'est-ce qu'on va me faire, Johnny, de quoi parle-t-on ?

Bolan hésita un instant, la tension monta à son point culminant, puis il soupira et dit au vieillard :

— On fait plus que *parler,* Steven.

— Alors... hein ? Mais *quoi,* nom de Dieu !

— Pourquoi est-ce qu'on vous a dit que je venais, Steven ?

— Eh bien, je... enfin, on ne pouvait pas parler en clair. Il a dit qu'il m'envoyait de l'aide.

— De l'aide pour faire quoi au juste ?

— Eh bien, pour nous débarrasser de cette merde de Bolan, pardi ! Ce n'est pas ce qu'on voulait dire ?

— Aurait-il parlé de deux délégations du nord de l'Etat et d'une du centre de la ville ?

— Mais qu'est-ce que tu me chantes là ? Mais *pourquoi* es-tu venu, Johnny ?

Bolan laissa son regard planer sur Frank le Gosse qui vacillait au sommet du tabouret.

— Bon Dieu, que je n'aime pas être celui qui t'en informe, Steven.

— Soyons des hommes, Johnny !

— O.K.

Bolan releva la tête et fixa Angeletti d'un regard froid et dur.

— La situation ne doit pas en arriver *là,* Steven.

Son regard fit un rapide aller et retour entre le père et le fils.

— Vous comprenez ? On vous a dit de régler vous-même la situation, mais vous n'en avez rien fait. On s'en occupe à votre place. Ils ne veulent plus attendre, Steven. Ils ne veulent plus attendre que vous soyez mort. Pas avec Frank le Foireux dans le coin et une centaine de moustachus qui le soutiennent. Ils ont décidé qu'il y aurait du sang dans les rues, de l'argent foutu par les fenêtres et que ce sera l'enfer partout dans le pays. Et ils ne le permettront pas, Steven. Ils ne le permettront pas.

Il y eut un long silence.

Angeletti roula le cigare entre ses doigts, goûta son vin, fit claquer sa langue, jeta un regard sur Frank, fixa l'as de pique que lui avait envoyé la *Commissione*, claqua de nouveau la langue puis annonça à celui qui lui avait apporté de si mauvaises nouvelles :

— C'est moi qui ne le leur permettrai pas.

— Vous m'avez fait une promesse, Steven.

— Je vous promettrai le ciel et l'enfer, Johnny. Mais je ne vous donnerai pas mon fils.

— Il y a toujours Philippa.

— Cette *pute* ?

— Allons, allons, vous dites cela parce que vous êtes fâché.

— Je ne te le laisserai pas, Johnny.

— Ce n'est pas pour lui que je suis venu, Steven.

— Mais alors, *pourquoi* es-tu venu ?

— Si vous voulez faire un petit tour avec moi, je vous le montrerai.

Le vieux menton bascula, les mains longèrent la surface du bureau.

— *Moi,* Johnny ? demanda Angeletti d'une voix épouvantée.

— Oh, mon Dieu, non ! Ne pensez pas une chose pareille une seconde. J'ai déjà fait ce que je devais faire. Le résultat se trouve dans le coffre de la voiture. Si vous voulez voir, très bien. Si vous n'y tenez pas, on laisse tomber. Cela ne fait aucune différence. Mais ne pensez pas... Doux Jésus, Steven... Ne pensez pas que je pourrais...

— Je ne pense pas que je devrais aller faire un tour avec toi dans le noir, Johnny.

— Tous vos hommes sont dehors. Les *vôtres,* pas les miens.

Bolan plongea la main dans sa veste pour en tirer son portefeuille. Le vieil homme sursauta dans son fauteuil comme un pantin désarticulé.

— Hé ! s'écria Bolan. Ne paniquez pas. Je vous ai dit de ne même pas penser une chose pareille. Tenez.

Il fit glisser sur le bureau la lettre de crédit qu'il avait trouvée dans le portefeuille de Cavaretta.

— Remarquez la date. Aujourd'hui. Regardez d'où est venue cette lettre. D'Atlanta, en Georgie, exact ? Alors, comment est-elle arrivée ici si rapidement ? Par avion, dans la main d'un courrier qui me l'a remise en main propre. Regardez la somme, Steven. Cinquante mille dollars. Je l'ai eue aujourd'hui à quatorze heures à l'aéroport de Philadelphie. A quatorze heures, Steven. Maintenant, si vous voulez bien venir avec moi jusqu'à ma voiture, je vais vous montrer comment je les ai gagnés, ces cinquante mille dollars.

Le vieil homme était piqué de curiosité. Il renifla, rendit la lettre, se leva.

— Montre-moi, commanda-t-il.

Une minute et demie plus tard, Bolan lui montra.

Angeletti palpa le visage, fit plier les bras et les jambes qui raidissaient et examina les armes.

— C'est donc lui, fit-il.

— *C'était* lui, observa Bolan.

Don Stefano fit volte-face subitement, repartit vers la maison. Bolan referma le coffre pour la seconde fois et suivit le Don. Devant la porte de la bibliothèque, le vieux *capo* se retourna.

— Qu'est-ce que cela signifie ? Tu dis qu'on t'a payé à quatorze heures. Moi, j'affirme que celui que tu as descendu m'a attaqué vers dix-huit heures. Qu'est-ce que ça veut dire ?

— Ça veut dire que l'on vous a joué la comédie, Steven.

— Qui ?

— Vous a-t-on dit qui venait ?

— Une délégation de Buffalo, deux autres de la ville, répondit Angeletti à travers des lèvres de marbre.

— Voilà. Peut-être sont-ils arrivés un peu en avance ?

— C'est possible.

Le vieil homme parut s'affaisser.

— Je vais aller me coucher, je ne me sens pas très bien. Je me disais bien que c'était trop pour un seul homme. Je le savais. Je suis vieux. Je suis fatigué. Je vais me coucher. Je te respecte, Johnny. Pour m'avoir dit tout cela, merci.

— Je voudrais ajouter quelque chose, Steven. Vous dormirez peut-être plus tranquillement. La décision n'était pas unanime. Vous comprenez. Il y a eu un vote. Certains étaient pour, d'autres contre. Jusqu'à ce qu'une décision finale soit prise, Mike a décidé d'intervenir. Hein ? Vous m'avez compris ? *Nous* intervenons, Steven.

— Je suis content de te l'entendre dire. Dis-moi encore une chose. Augie ? Il était *pour* ou *contre* ?

— Augie était *contre*.

— Bon Dieu, ça fait du bien ça. Toi, tu es venu pour... heu... t'assurer que les « pour » s'abstiennent de sauter le pas. C'est bien cela ?

— C'est à peu près cela. Allez vous coucher, Steven. Ne vous faites pas de soucis. Je m'occupe de tout.

— Mets le gosse au lit, tu veux ?

— Bien sûr. Allez-y vous-même.

— Pourquoi le Bon Dieu m'a-t-il refusé un fils comme *toi,* Johnny ?

Bolan dut tourner le dos au vieillard pour chasser de son esprit l'image du visage ridé et torturé. Pathétique.

Il dut également se rappeler qu'il devait jouer les atouts qu'il possédait, qu'il n'avait pas le choix, et que, s'il l'avait eu, il aurait peut-être agi différemment.

Il se demanda pendant un instant s'il ne valait pas mieux sortir, grimper derrière le volant du requin de quarante mille dollars et quitter silencieusement les lieux.

Mais s'il se laissait aller, alors pourquoi était-il venu à Philadelphie pour commencer ? Tout ce qu'il y avait fait jusqu'à présent devenait inutile. Un carnage gratuit. Pourquoi avoir tué tant d'hommes, pourquoi avoir imposé à une ville déjà dans l'ennui un surcroît d'agitation et de dépenses civiques ? Pourquoi faire la guerre ?

L'Exécuteur n'était pas venu à Philadelphie pour effectuer un demi-travail.

Il y était venu pour faire le maximum.

Donc, après plusieurs minutes d'hésitation, Bolan se souvint qu'en temps de guerre il n'y avait pas de moralité, ni bien ni mal.

Il fallait attaquer l'ennemi là où il se tenait et le faire tomber.

Même s'il était vieux et désespéré.

CHAPITRE XVI

Bolan ne se prenait en aucune sorte ni pour un grand stratège ni pour un génie. Il se servait tout simplement des moyens dont il disposait.

Il savait fort bien qu'il n'aurait jamais pu forcer cette situation au sein de la famille Angeletti malgré des efforts surhumains et des prévisions bien agencées. Elle était très osée, certes, l'entreprise, et chaque mot, chaque geste constituait un danger mortel. Mais, depuis le début de sa guerre, Bolan vivait et survivait parce qu'il osait agir. Il n'aurait jamais pu monter une pareille mise en scène si la famille elle-même n'avait pas construit le décor.

Il était entré en scène et il brûlait les planches.

C'était aussi simple que cela.

Il fallait dire que l'Organisation avait érigé un beau théâtre : elle l'avait construit avec des poutres pourries sur des sous-sols marécageux, la toile de fond était garnie de traîtrise, de malhonnêteté, d'un complet manque d'égard envers la noblesse humaine — il s'agissait d'un véritable musée des horreurs, même pour ceux qui y passaient leur existence sous le feu des lumières.

Et le chef d'orchestre qui sautait dans la fosse, muni d'une baguette d'acier, faisait preuve d'un grand courage lorsqu'il faisait jouer les lugubres premières notes de la marche funèbre.

Du nerf, des tripes. En fin de compte, c'étaient probablement les atouts majeurs de Mack Bolan. Son seul capital constant. Pourtant, il en avait à revendre.

Mais à ses propres yeux, il *osait* tout bêtement. Peut-être se jugeait-il avec trop de modestie ?

Peut-être se trouvait-il chez lui cette étincelle de grandeur ou d'à-propos qui faisait qu'il prononçait instinctivement le mot juste au moment voulu, qu'il commettait l'acte nécessaire au besoin impérieux.

Personne ne pouvait nier que Mack Bolan ne valait guère mieux qu'un mort lorsqu'il s'était retrouvé au centre d'un faisceau lumineux, perché au sommet d'un poteau de téléphone, sans défense, à quelques mètres du fortin ennemi.

Peu de gens lui auraient accordé une chance de survie au sol, entouré par les vastes forces ennemies de deux camps opposés, malgré son évasion spectaculaire sous les yeux ahuris des policiers.

Une ou deux personnes auraient pu deviner qu'il pouvait éventuellement se réfugier dans l'endroit le moins probable : au cœur du camp ennemi.

Mais personne n'aurait osé prédire qu'en quelques instants, tout de suite après sa disparition, le célèbre réfugié allait transformer son infortune en un complot incroyable dont les conséquences se feraient ressentir non seulement à Philadelphie, mais à travers tout l'univers de la Mafia.

Pourtant, c'était bien l'effet recherché par Mack Bolan.

Et puis, cette idée n'était pas une nouveauté dans les annales de la guerre. Il était écrit dans un manuel militaire chinois du IVe siècle avant Jésus-Christ :

La grandeur frôle de ses doigts le général qui, grâce à son courage et son audace, parvient à tirer d'une défaite certaine une victoire retentissante.

Et peut-être y avait-il quelque part dans l'univers une place spéciale pour les êtres tels que Bolan.

Mais lui-même ne se posait pas de telles questions. Il osait, il agissait. C'était là la grandeur de Mack Bolan.

CHAPITRE XVII

Bolan envoya le chef du palais au premier pour que celui-ci monte la garde devant la porte de la chambre de Don Stefano. Il envoya les deux autres gardes dans le parc pour augmenter la garde extérieure.

Ainsi Bolan resta seul au rez-de-chaussée en compagnie de Frank le Gosse qui s'était évanoui, la face contre la surface du bar.

Il partit explorer et trouva une espèce de salle de musique de l'autre côté de la bibliothèque. Il y avait un piano à queue, une harpe plus haute que Bolan lui-même, des étagères remplies de partitions et un ensemble stéréophonique absolument incroyable dont la plupart des baffles aboutissaient dans un fauteuil moderne en plastique et dont les commandes se trouvaient incorporées dans un accoudoir. L'ensemble ressemblait au poste de pilotage d'un hélicoptère. D'un autre côté, il y avait une fabuleuse collection de disques 33 tours. Cette pièce était bien différente du reste de la maison et semblait faire bande à part.

Un disque posé sur la platine attira l'attention de Bolan, surtout lorsqu'il vit le nom écrit à la main sur l'étiquette. De couleur lavande, il n'y figurait pas de marque mais, écrite d'une main féminine, il y avait la réponse à la question que posait cette pièce. Le disque avait sans aucun doute été enregistré dans un studio privé par un certain Phil Angeletti qui avait baptisé son œuvre *Sentiments de solitude au piano.*

Ce fut une véritable trouvaille. Bolan alluma le système, écouta un moment l'enregistrement puis l'arrêta. Il n'était pas imprésario mais la musique lui parut incroyablement belle. Qui aurait cru cela de Philippa la Salope ?

Il quitta alors la salle de musique pour continuer ses investigations et trouva l'objet de ses recherches quelques minutes plus tard : une porte dans la cuisine donnant sur un escalier qui descendait vers une salle dans le sous-sol — une grande pièce dans laquelle se trouvaient six couchettes, un petit frigo, une plaque chauffante, une table et quatre chaises.

Au fond, il y avait une porte qui donnait sur une salle de tir au pistolet bien éclairée avec des murs acoustiques. Bien au fond, il y avait des cibles de forme humaine en acier et l'une d'elles était recouverte d'une combinaison similaire à celle de Bolan. Elle était déchiquetée à coups de balles, à moitié arrachée à la forme qui la soutenait.

Bolan grinça imperceptiblement puis ressortit.

Il était presque vingt heures lorsque Bolan hissa Frank le Gosse de sa place pour l'aider à gravir les marches jusqu'à sa chambre. Il le tira jusqu'à la salle de bains, le fit se courber sur les toilettes, lui enfonça un doigt dans la gorge. Le résultat ne se fit pas attendre.

Ensuite, il lui baigna le visage puis le mit au lit sans prendre la peine de le déshabiller.

Le type était encore dans les vap's mais il était à demi conscient et babillait vaguement en dialecte sicilien.

Bolan savait qu'on parlait facilement lorsque l'alcool prenait le dessus, mais jamais clairement. L'alcool déclenchait une espèce de processus de vérité qui, normalement, ne se serait jamais fait connaître.

Il tapota le visage du Gosse avec une serviette mouillée et gronda :

— En anglais, nom de Dieu !

— Agrigento... leur ai dit... merde, quoi... les meilleurs, tu vois... ça va être l'enfer et il le faut... Don Cafu, qu'il aille se faire foutre... Le leur ai dit, le leur ai dit...

— *Gradigghia,* dit Bolan.

— Exactement ! Le leur ai dit... Tout ou rien. Mais... eh merde...

— Qu'est-ce que tu leur as dit à propos d'Agrigento ?

Il s'agissait d'une province sicilienne qui avait vu la naissance de la Mafia.

— Don Cafu a dit mille dollars par jour ! C'est insensé... par jour !

Le Gosse s'esclaffa, toussa, s'étrangla, recommença à rendre. Bolan lui tira violemment la tête de côté, il vomit sur le plancher près du lit.

L'interrogatoire se poursuivit, et Bolan tira doucement des divagations nuageuses des faits et des lieux. Cela prit fin dix minutes plus tard, Frank pleurait à chaudes larmes et promettait de faire mieux la fois d'après. Bolan lui dit qu'il en était sûr, le laissa s'endormir en hoquetant.

Il frappa doucement à la porte de Philippa puis entra.

Elle était assise dans son lit, adossée à un monceau d'oreillers, fixant d'un œil éteint une télévision portative au pied de son lit.

Relevant brièvement le regard puis fixant à nouveau l'écran, elle annonça d'une voix égale :

— C'est ce qui me plaît dans cette maison, le côté privé...

— Faites installer des serrures, suggéra Bolan.

— Faudrait en persuader mon père. Chargez-vous-en, d'accord ? répliqua-t-elle d'une voix acide.

Elle ne le regardait toujours pas.

Bolan prit une chaise, la rapprocha du lit, s'y installa, alluma une cigarette. Il comprit immédiatement qu'il avait eu tort. C'était la première fois de la journée qu'il se permettait de se détendre — tout son corps se mit à hurler, à rejeter les humeurs, la tension, la douleur des blessures de la journée. Les blessures surtout réclamaient des soins.

Il était crevé.

Son estomac se mit à gronder longuement. Ses bras et ses jambes le torturaient. Une sourde douleur commençait à poindre derrière sa nuque à la base du crâne. Son torse et sa poitrine se signalaient par petits à-coups vifs.

Et tandis qu'il prenait conscience de ses propres maux, il prit également conscience de la jeune femme. Elle ne les faisait pas, ses trente-deux ans, sauf lorsqu'elle se mettait en colère. Elle portait une chemise de nuit rose transparente, dont le devant était orné de petites roses en soie brodée. Elle était superbe. Une fois de plus, Bolan se souvint que les femmes italiennes figuraient parmi les plus belles du monde.

Elle coupa la télévision d'un coup brusque, se tourna vers lui, poussant un soupir.

— Vous êtes venu me percer du regard ou quoi ?

— Non. Je suis venu passer un moment de détente avec une jolie femme qui joue drôlement du piano.

Elle parut embarrassée puis sourit.

— Vous avez l'air crevé.

— Je le suis.

— Vous voulez un verre ?

Il secoua la tête.

— Ça me flanquerait par terre pour de bon. Je peux vous appeler Phil ?

— Voyez-vous ça ! Le monsieur demande, il n'ordonne pas.

— J'ai passé un de vos disques sans demander la permission. Formidable. Je parie que vous pourriez en gagner votre vie.

— Une chose de plus à dire à mon père.

— Vous devriez quitter cette maison, Phil. Sans demander la permission.

— J'aurais dû en partir il y a dix ans. Non, vingt.

— Arrêtez, je suis sérieux.

Elle cligna plusieurs fois des yeux, puis lui demanda :

— Nous avons vraiment des ennuis, alors ?

— Sans aucun doute possible.

— Que se passe-t-il ? Qui êtes-vous ? Où se trouve... ?

Il l'interrompit en disant :

— C'est l'enfer qui arrive à grands pas. Moi, je n'ai pas d'importance. Ce que je veux, c'est votre départ. Ce soir.

Elle observa l'écran noir un moment avant de répondre.

— Ce n'est peut-être pas très agréable mais je ne connais pas d'autre maison. Je n'ai pas d'autre foyer. Donc, je ne pars pas.

— Soyez sérieuse, dit-il d'une voix fatiguée. Fichez le camp.

Ce furent ses derniers mots. Il se leva, la laissa seule avec ses pensées, la laissa seule dans sa chambre.

Le chef du palais lui fit un signe amical de la petite alcôve qu'il occupait près de la chambre de Don Stefano. Bolan s'approcha de lui pour lui demander :

— Quelle heure est-il ?

— Heu... vingt heures... dix-sept.

— A vingt-deux heures dix-sept, tu viendras me réveiller. Sans faute, ordonna-t-il.

— Bien, monsieur. Où serez-vous ?

— Où y a-t-il un lit disponible ?

Le capitaine de la garde esquissa un sourire puis désigna une porte au bout du couloir.

— Il y en a un là-dedans.

— C'est là que je serai, lui dit Bolan en repartant.

La petite chambre avait une odeur de moisi, elle n'avait pas servi depuis longtemps. A côté, il y avait une petite salle de bains. L'ameublement était simple mais efficace. Et propre. Bolan ouvrit l'unique fenêtre pour faire entrer un peu d'air frais, ensuite il se pencha à l'extérieur pour s'orienter. La chambre donnait sur l'arrière du parc, à angle droit par rapport à la maison. L'abri à voiture se trouvait juste en dessous. Il pouvait voir de cette fenêtre les murs nord et ouest et il vit passer l'ombre d'une sentinelle.

Mais que fichait-il dans ce traquenard ? Bolan se posa la question.

Il s'y trouvait parce qu'il était épuisé, parce qu'il pourrait s'y doucher et prendre un peu de repos. Il poussa un soupir las.

Rentrant, il réfléchit brièvement à un monceau de chair morte qui se trouvait dans le coffre, en bas.

Une preuve pour le premier type intelligent qui serait capable de réfléchir un instant.

Et à quoi bon ?

Tout paraissait si inutile. Pas cette bataille, mais la guerre tout entière.

C'étaient les paroles que Bolan avait tirées de Frank qui le déprimaient tant. Il ne s'agissait pas seulement d'une mode ou des fantasmes d'un ivrogne, le monde de la Mafia s'apprêtait à renouveler ses forces à l'infini.

D'après Frank, un type nommé Don Cafu, qui vivait dans la province d'Agrigento, enrôlait des armées entières et les louait pour la somme incroyable de mille dollars par jour par *gradigghia* sur le marché américain.

Cela revenait à dire qu'une *gradigghia* rapportait trois cent soixante-cinq mille dollars par an. Mais cet investissement serait minime pour la plupart des *capi,* étant donné les immenses profits qu'ils récoltaient grâce à leurs affaires criminelles.

Quelle paix procuraient ces trois cent soixante-cinq mille dollars !

Nom de Dieu ! Il fallait arrêter ce mouvement !

Mais *comment* ?

La réponse semblait se trouver tout près, tout autour de lui. D'abord, il lui fallait décimer les armées d'Angeletti pour décourager le premier mouvement. S'il survivait à cette expérience... il verrait. Bolan avait appris à vivre au jour le jour.

La guerre qu'il devait gagner se poursuivait chaque jour, c'était le présent qu'il fallait vaincre.

Mais, pour le moment, il commençait à se trouver à court de munitions, et il avait l'intention de s'allonger dans la vallée de l'ombre de la Mort pour y faire un somme.

Aux côtés de ses ennemis.

CHAPITRE XVIII

Il était nu à partir de la taille, le drap recouvrait ses jambes, chevauchait ses hanches, cachait le Browning qu'il tenait dans la main droite près de la cuisse.

Il avait les yeux à moitié clos et il paraissait dormir, sa respiration était lente et régulière, il avait le corps détendu. En fait, il était au bord de l'éveil, à ce stade qu'il avait surnommé le « sommeil de combattant » — à mi-chemin entre la détente complète de l'être et la méfiance cérébrale de l'animal aux aguets.

Il sentit s'ouvrir la porte et une présence s'approcher du lit.

Il ouvrit d'un seul coup les yeux, arma le Browning en même temps; sinon il n'avait pas bougé.

Philippa eut une réaction vive comme s'il s'était dressé dans son lit en poussant un cri. Elle recula de quelques pas en bredouillant :

— J-je c-croyais que vous étiez éveillé, dit-elle, comme si elle était entrée et l'avait découvert en plein sommeil, insensible à la nouvelle présence dans la chambre.

Elle jeta un coup d'œil sur la lampe de chevet brusquement allumée de l'autre côté du lit.

— J-je veux dire lorsque je suis entrée.

Elle était prête à partir, vêtue d'un ensemble en tricot, un chapeau large perché sur la tête, une petite valise de nuit à la main.

Bolan n'avait pas encore bougé. Finalement, il enfonça le Browning dans le holster accroché sur le chevet du lit au-dessus de son épaule droite, consulta le cadran de sa montre. Il était 21 h 05. Il resta sur le lit, inerte.

— Vous partez. C'est bien.

Philippa, qui ressemblait de plus en plus à une femme et de moins en moins à une salope, fixait les marques bleues et rouges qu'il avait en travers du torse et des épaules.

— Qui vous est passé sur le corps ? demanda-t-elle.

— Comment ? gronda Bolan.

— Tout ce beau corps est marbré.

Elle ne l'aurait pas cru s'il avait dit la vérité, et Bolan n'avait aucune intention de la lui raconter. Il sourit amèrement.

— C'est moins vilain qu'on ne le croit. Un petit accident.

— Le capitaine m'a dit qui vous étiez. J'aurais dû m'en douter.

Elle poussa un soupir.

— C'est marrant. Aujourd'hui j'ai rencontré deux hommes qui m'ont impressionnée.

J'ai tiré sur le premier, j'ai jeté un vase à la tête du second.

Elle sourit, son nez se froissa juvénilement.

— C'est l'histoire de ma vie.

— Ça va sûrement s'arranger, murmura Bolan. En dehors de ces murs vous trouverez une quantité d'hommes impressionnants.

— Je voulais... je voulais vous demander pardon.

— Pourquoi ?

— Pour le vase.

— Oubliez cela.

Elle posa la main sur son torse, explora les bleus qui striaient sa poitrine de ses doigts frais. Chemin faisant, les bouts de ses doigts s'arrêtaient çà et là sur des petites bosses rougeâtres qui se distinguaient des autres. Un regard curieux se posa sur Bolan.

— Une fois, lorsque j'étais petite fille, Frank s'est fâché contre moi. Cela lui arrivait souvent, mais cette fois il a pris sa carabine à air comprimé et il m'a tiré trois fois dans le ventre. Les billes ont fait des marques exactement comme celles-ci.

Elle dessina du doigt un cercle autour d'une petite bosse.

— On vous a tiré dessus avec une carabine à air comprimé ?

Bolan comprit ce qui la gênait et il comprit par la même occasion qui lui avait tiré dessus avec un fusil du premier étage à l'*Emperor's Key Club*.

— Les plombs d'un fusil font les mêmes sortes de marques s'ils ne pénètrent pas la peau, dit-il. Je m'y connais. Moi aussi j'ai été gosse.

Il s'efforça de rire pour prêter plus de véracité à son racontar.

— J'ai dû recevoir des kilos de plomb dans mon existence.

— Oui, c'est bien à cela que ça ressemble, fit-elle avec une grimace.

Il tenta de changer de sujet.

— Vous êtes venue me faire vos adieux, ou quoi ?

Elle fronça le nez, elle avait apparemment oublié les blessures.

— La seconde raison. Le capitaine m'a dit que j'aurais besoin de votre permission pour m'en aller. Au portail. Il paraît que personne n'entre ou ne sort sans votre permission. Vous êtes bien important dans ces lieux !

— Ah, fit Bolan.

Il se glissa du lit, alla jusqu'à la fenêtre.

— Sammy ! s'écria-t-il.

Il entendit appeler le chef à travers le jardin, une sentinelle passant le nom jusqu'à l'autre. Peu après le capitaine de la garde extérieure se trouvait sous la fenêtre, le fixait anxieusement.

— Miss Angeletti va sortir, dit Bolan au *mafioso* de service. C'est O.K.

— O.K. D'ailleurs j'allais venir vous voir. Il y a trois voitures pleines de gars dehors. Ils disent qu'on les a envoyés. Je les fais entrer ?

— Pas encore, annonça Bolan.

Il se tourna vers la jeune femme.

— Allez-vous-en rapidement. L'enfer dont je vous ai parlé vient de se matérialiser.

Puis il lança au chef de la garde, en dessous :

— Monte ici tout de suite ! Vite !

Philippa se trouvait déjà près de la porte entrouverte lorsqu'il se retourna une fois de plus. Il lança derrière elle :

— Ne revenez pas tout de suite !

A moitié en colère, sa réponse lui vint du couloir.

— Je ne reviendrai jamais !

Bolan saisit sa chemise.

— Tant mieux pour toi, murmura-t-il.

Il se rhabilla en quatrième vitesse. La petite sieste lui avait fait du bien. Une menace se présentait au portail, une menace inconnue : l'Exécuteur était maintenant prêt à tout, en alerte rouge.

Il enfilait son holster lorsque Sammy, le chef extérieur, arriva dans la chambre tout essoufflé.

— Viens ! fit Bolan en le repoussant dans le couloir.

Le capitaine de la garde du palais aidait Philippa à transbahuter ses bagages.

— Accompagne-la jusqu'au portail et au-delà, lui ordonna Bolan.

Puis, en compagnie de Sammy, il entra en

trombe dans la chambre du Don qui ressemblait à une chambre d'hôpital. Il y planait une odeur de médicaments. Effectivement la table de chevet était encombrée de fioles et de boîtes de pilules qui luisaient doucement dans le nuage rougeoyant d'une veilleuse. Le vieil homme était adossé dans un lit qu'on pouvait rehausser des deux côtés. Il dormait en ronflant bruyamment.

Mais il ouvrit les yeux lorsque Bolan l'effleura et sa voix était ferme lorsqu'il demanda :

— Que se passe-t-il ?

— Les délégations promises se trouvent devant, annonça Bolan. Trois voitures.

— Je croyais que tu devais t'en charger.

— On ne les attendait pas ce soir. Pas *ici*. Je ne sais pas encore *qui* se trouve dehors et je ne sais pas si l'on voudra bien m'écouter. Les chances sont cinquante-cinquante. Ça vous dit ?

— C'est très mauvais, déclara le vieillard.

— Exactement.

— Mais... Johnny, je ne veux pas qu'il y ait des coups de feu dans ce coin si on peut l'éviter.

— C'est précisément ce que je souhaite aussi, répondit Bolan qui ne mentait pas le moins du monde. Les flics n'aimeraient rien de mieux que d'entrer et nous emmener tous au commissariat. Il faut s'en sortir sans éclat. Vous prenez le risque ?

— Je commence à être un peu vieux pour prendre des risques, Johnny ! Que me conseilles-tu ?

— Eh bien... Moi, j'ai toujours pris un risque à la fois.

— Qu'est-ce que ça veut dire ?

— Ecoutez, Steven, nous savons tous les deux pourquoi ces hommes sont ici. Je ne crois pas qu'ils me connaissent. Voici ce que je peux suggérer... Et, en fait, je n'en ai pas le droit.

— Dégonflé ! lança le vieillard d'une voix méprisante.

— Non, lucide. Je vous dis simplement dans quelle situation vous vous trouvez. Sammy est *votre* homme, pas le mien. Je ne peux pas lui dire d'aller faire entrer ces voitures une à une, d'emmener ces équipes dans la cave une à la fois. Je ne peux pas lui dire...

Angeletti fit un geste pour interrompre la suggestion de Bolan.

— Nous savons comment nous y prendre, dit-il. Sammy !

— Oui, monsieur. Je suis là !

— Occupe-t'en. Tu te souviens de ce que nous avons fait de ces types allemands ?

— Oui, monsieur.

— O.K. Place quelques gars dans les tranchées avec des P.M. Dévisse les ampoules pour qu'il fasse noir lorsque tu feras allumer les autres lumières.

Bolan-Cavaretta lança une autre suggestion.

— Il vous faudra une chèvre.

— Exact, agréa le vieillard. Sers-toi d'un des plus petits, un gars qui pourra tomber sans problème dans la tranchée de l'autre côté.

— Il faudra toujours leur faire croire que vous ignorez tout, dit Bolan. Mais sans prendre de risque, n'est-ce pas ? Il s'est passé des choses incroyables par ici — c'est pourquoi vous allez les faire entrer les uns après les autres. Vous leur dites que c'est pour minimiser les risques. Nous savons qu'ils ne vous remettront pas leurs armes. Mais nous ne voulons pas qu'il y ait des coups de feu. Il faut les ramener vers le parking puis les faire descendre pour boire un verre. La conférence doit avoir lieu dans la cave. Vous voyez ?

En tout cas, Sammy, le chef de la garde extérieure, avait saisi. Il sortit d'un pas assuré, la mine sinistre, prêt à affronter la mort pour son *capo*.

Bolan s'adressa au Don :

— C'est un drôle de type que vous avez là, Steven.

— Oui, il est très bien, l'un des meilleurs, déclara Angeletti. Il a déjà fait ce genre de travail. Il sait s'y prendre. Mais tu sais ce que ça veut dire, Johnny. Ce sera la guerre.

C'était exactement ce que souhaitait Bolan avec sa malveillance habituelle envers l'Honorable Société.

L'ennemi allait se décimer sans qu'il ait à lever le doigt.

CHAPITRE XIX

Bolan attendit en haut le retour du capitaine de la garde qui avait accompagné Philippa jusqu'au portail. Lorsque celui-ci revint, il le prit par le bras et lui ordonna de réveiller Frank.

— Mais oblige-le à rester ici, je ne veux pas le voir en bas, il nous emmerderait. Et dessoûle-le. Emploie les moyens qui te paraîtront efficaces. Fous-lui la tête sous l'eau froide, tape dessus, casse-lui la gueule. Moi, je m'en fous, mais dessoûle-le.

Le regard du capitaine brilla subitement d'une lueur joyeuse. Il partit dans la chambre du Gosse d'un pas allègre, Bolan retourna dans la chambre qu'il avait occupée, récupéra les lunettes teintées qu'il avait portées plus tôt puis descendit l'escalier en bras de chemise, le holster et le Browning exposés à tous.

Il entra dans la bibliothèque pour y chercher des cigarettes, découvrit un paquet de Marlboro sur le bar, en alluma une, puis passa dans la cuisine.

Il prit des biscottes et du fromage et le reste du carton de lait qu'il avait goûté plus tôt. Mais, tandis qu'il nourrissait son corps, son esprit se délectait d'une autre nourriture.

Il imaginait la scène qui allait se dérouler en sous-sol... Les unes après les autres, on attirerait les diverses équipes dans la salle de tir, en bas.

La « chèvre » serait en pleine conversation lorsqu'elle les entraînerait dans la chambre mortuaire, racontant des blagues et ironisant au sujet des mesures de sécurité exceptionnelles. Elle allumerait brusquement les lumières et plongerait lestement derrière un abri dès que la lourde porte se serait refermée.

A cet instant, bien avant que les victimes du piège n'aient eu le temps de comprendre ce qui allait leur arriver, deux ou trois PM ouvriraient le feu de la fosse obscure. La salle s'emplirait soudain du crépitement rageur dont pas un seul décibel ne serait perçu par les gens à l'extérieur, l'air se remplirait de plomb brûlant, et un groupe de gouapes prétentieuses trouverait la mort sur la scène du grand théâtre de la Mafia. Ces hommes mourraient en poussant des jurons stupides et inutiles.

La chèvre se relèverait, s'épousseterait, aiderait à ranger les carcasses sanglantes de ses *amici* défunts puis remonterait pour faire venir un second groupe.

Bolan poussa un soupir et abandonna la plupart du petit souper improvisé, il sortit sur le perron et y grilla une cigarette, les bras croisés. Il attendait.

La première voiture entra dans le parc tous feux éteints et roula doucement près de Sammy, le chef de la garde extérieure, qui marchait d'un pas régulier en parlant au chauffeur. La voiture s'immobilisa près de l'abri : les portières furent ouvertes, et neuf types descendirent de la voiture pour faire quelques pas en titubant pour s'étirer.

Quelqu'un lança :

— Avant tout, je dois pisser.

Un autre dit :

— C'est vachement calme ici, ce soir. Je croyais que vous étiez en pleine guerre.

Et Sammy leur répondait :

— Tout vous attend à l'intérieur. Allez-y, entrez. Voilà, Tommy Dukes vous montrera le chemin. C'est en bas, c'est là que nous allons nous réunir. Un peu de bouffe et quelques verres pour commencer, hein ?

Bolan les observait, scrutant chaque visage qui passait dans la lumière qui tombait de la maison.

Il se raidit subitement, le visage paralysé. Puis il chaussa les lunettes.

Les types avançaient par deux et par trois, parlaient entre eux puis s'alignaient en file indienne à l'approche de la porte.

Sammy les avait devancés, il les faisait

passer en leur lançant des remarques drôles ou amicales. Bolan s'approcha de lui en douceur, s'arrêta dans son dos. D'une voix discrète il lui intima :

— Sors-moi un de ces mecs, j'ai des questions à lui poser. Celui-ci... non, le prochain. Il a l'air plus futé.

— J'espère que ce sera plus qu'un air, fit Sammy en partant à la recherche du type désigné.

Bolan retourna dans son coin à l'ombre, recroisa les bras, continua à fumer sa cigarette tranquillement, les yeux aux aguets.

Sammy, le chef de la garde extérieure, tenait *Leo Turrin* par le bras, lui racontait quelque chose à l'oreille, l'obligeait à quitter le défilé.

Un pouce tendu désigna l'emplacement de Bolan, et Leo « the Pussy » lui envoya un regard de curiosité.

Sans bouger ni changer d'expression, Bolan lança au chef :

— Dans la bibliothèque, Sammy.

Le capitaine de la garde indiqua le chemin, et, tandis qu'il partait, Leo fixait avec une curiosité évidente la longue silhouette tapie dans l'obscurité. Il disparut dans le hall.

Cependant, Bolan regarda passer tous les agneaux qui s'en allaient à l'abattoir. Ensuite, il se dirigea vers la bibliothèque.

Leo était assis sur le bureau d'Angeletti, les jambes ballantes, une moue sur le visage.

Bolan passa devant lui, se glissa derrière le bar, ouvrit deux Cocas.

Leo se rapprocha, s'immobilisa, le fixa d'un œil incrédule.

Bolan lui tendit un Coca, retira ses lunettes.

— Putain! fit Turrin d'une voix basse et sifflotante.

Bolan lui sourit.

— Heureusement que je me trouvais dehors.

Mais Leo n'en revenait toujours pas.

— Nom de Dieu! Je croyais... enfin, je pensais... et puis je me suis dit que c'était impensable! Merde! Je n'ai jamais vu un fou pareil... Le mec a dit que tu portais un *as de pique*!

— C'est exact, avoua Bolan avec un petit sourire. Que fais-tu ici, Leo?

— On ne m'a pas donné le choix, je suis censé servir de conseiller à Angeletti. Je viens d'arriver, j'ai pris un taxi à l'aéroport. Les équipes attendaient dehors, je suis simplement entré avec elles.

— Heureusement que je me trouvais dehors, répéta Bolan.

— Oui? Pourquoi?

— Parce que ces gars descendent dans la cave pour une conférence, expliqua Bolan. Là! Je l'entends qui commence!

Une cacophonie diffuse fit brièvement vibrer les planches sous leurs pieds. Turrin pâlit subitement.

— Des PM.

— Précisément; la conférence est terminée.

Turrin se saisit de la bouteille de Coca et en vida les trois quarts. Il s'essuya la bouche du revers de la main.

— Quelle façon de gagner sa croûte, murmura-t-il.

— C'est vrai, répondit Bolan. Mais toi, tu ne gagnes pas ta vie comme ça. Il n'y aurait pas suffisamment de fric au monde pour...

— Tu parles, et comment ! gronda Turrin. O.K. Que se passe-t-il au juste ? C'est un second massacre à la Palm Springs que tu mets en œuvre ?

— A peu de choses près, dit Bolan.

Il s'approcha de la fenêtre, l'entrouvrit, regarda au-dehors.

Sammy repartait vers le portail, passant sur le gazon. Il allait ramener le second groupe.

Bolan rentra pour dire à son vieux copain de Pittsfield :

— Je dois les regarder entrer. Je ne peux pas prendre le risque... Il paraît qu'on a fait demander Wils Brown aussi.

Il jeta un coup d'œil sur son ami.

— Qui est Wils Brown ? demanda Turrin.

— Un type qui, lui aussi, connaît mon visage. Un ami d'il y a longtemps. Un Noir. Il était comptable pour Arnie Farmer la dernière fois que nous...

— Pas le footballeur ?

— Si, mais il ne peut plus jouer. Il a fait la bêtise de poser le pied sur une mine Claymore au Vietnam.

— Il est de nouveau avec l'association de football, annonça Turrin. Augie m'a dit d'en faire part à Angeletti. Le footballeur les a envoyés se faire foutre. Il a quitté l'Organisation tout de suite après ton coup en Europe. Il parcourt les universités à présent pour chercher des gars capables de devenir des professionnels.

Bolan poussa un soupir de soulagement.

— C'est bon à savoir, avoua-t-il.

Une seconde voiture remontait l'allée.

— Ne sors pas d'ici, ordonna Bolan avant de sortir lui-même pour aller compter les condamnés.

Le temps passait à un pas cadencé et furieux. Et l'Exécuteur avait bien l'intention d'envenimer encore plus la situation.

Il se rappela brièvement qu'une guerre se gagnait lorsqu'on se battait avec le présent.

CHAPITRE XX

Quels que puissent être les résultats éventuels, il fallait à tout prix couvrir Leo Turrin.

Lorsque le dernier groupe fut passé par l'abattoir, Bolan emmena Sammy et Leo chez Angeletti pour renseigner ce dernier sur les événements meurtriers qui venaient de se dérouler dans le sous-sol.

Le Don était assis dans un fauteuil près de la fenêtre, il fumait tranquillement un cigare.

— C'est fait, Don Stefano, annonça Sammy.

— Très bien, répondit le vieillard d'une voix pleine de paresse satisfaite. Je m'en souviendrai. Donne un peu de vin à tes hommes. Non... donne-leur du whisky, mais pas trop. Et dis-leur qu'ils recevront tous mille dollars de plus ce mois-ci.

Il tourna la tête et son regard calme se posa sur Leo Turrin. Il écarquilla les yeux, momentanément mal à l'aise.

— Qui est-ce ?

— Nous avons de la chance, Steven, fit Bolan. Voici Leopold Turrin, que nous envoient nos amis du Massachusetts. Ils n'ont pas de parti pris. Je crois que Leo devrait prévenir New York de ce qui vient de se passer.

Angeletti tendit royalement la main, et Turrin y déposa un baiser déférent. Ensuite le vieil homme se rasséréna, sourit ouvertement, désigna un fauteuil pour Turrin.

Bolan resta debout. Il jeta un coup d'œil à Sammy qui sortit de la chambre aussitôt.

— Initialement, déclara le vieil homme, j'avais autre chose en tête à ton sujet, Leo, et je te remercie d'être venu. Mais... enfin, n'y pensons plus à présent. Quel message voudrais-tu rapporter de ma part à New York ?

Turrin fixa le plancher.

Subitement il tendit le cou, se tapota la gorge, avança la mâchoire, arrondit les yeux puis se retapota la gorge. Le vieillard lui sourit chaleureusement.

— Très bien, très bien.

Et ce fut tout. Le Don leur tourna le dos, s'affaira de nouveau avec son cigare, la mine pensive.

Lorsque Bolan et Turrin furent une fois de plus dans la bibliothèque, Bolan sourit à son ami.

— Tu es plus doué que moi pour ce genre de démonstration.

— Tu parles ! Pendant toute mon enfance j'ai vu les vieux se parler comme ça. C'est tout un dialecte. Ils peuvent se parler par signes pendant des heures entières.

Bolan le savait.

Il savait aussi ce que Turrin avait dit à Don Stefano dans la langue muette de la Mafia. Il avait annoncé qu'il dirait à ceux de New York que Stefano Angeletti était un homme avec lequel il fallait compter. Oui, il avait tué des *amici*, mais il l'avait fait avec honneur et pour se défendre, et il continuerait à agir de la sorte si l'on tentait d'envahir de nouveau son territoire sacré, malgré tout le respect qu'il avait pour l'Organisation.

Mais au cours des minutes qui s'ensuivirent, Bolan donna un second message à Turrin et le chargea de le porter également à New York.

— Le vieux est gâteux, il est retombé en enfance. Et c'est Frank le Gosse qui dirige déjà tout. Le Gosse s'est arrangé avec Don Cafu en Sicile pour qu'on lui envoie des troupes entraînées sans limite. Il projette de quitter l'Organisation, de monter un syndicat rival. Il est devenu fou. Si l'on ne s'en occupe pas, Frank le Gosse va se trouver à la tête d'une véritable armée de mercenaires siciliens, et il va se saisir du pouvoir dans son ensemble. Ou, du moins, il va tenter le coup.

C'était là l'essentiel. Et comme preuve, Leo raconterait comment Frank le Gosse avait fait traîtreusement assassiner trois équipes venues de New York pour aider Don Stefano. Et pour la seule raison que ces équipes étaient tombées en plein coup d'Etat tandis que Frank s'emparait du pouvoir Angeletti par la force des armes.

La plupart des gens ne croiraient pas un tel canular, mais Bolan savait que la coalition new-yorkaise y croirait sans hésiter — et s'en inquiéterait. Il s'agissait tout simplement d'une vieille histoire, maintes fois répétée dans les annales de l'histoire de la Mafia, et qui, remise au goût du jour, se rejouait une fois de plus pour ceux de New York. La seule variante était l'importation des tueurs étrangers — et leur présence aux Etats-Unis était déjà un fait incontestable.

Bolan espérait obtenir un résultat double : primo, il essayait d'assurer la désintégration complète de la famille Angeletti et de tous les moustachus siciliens; secundo, il voulait obliger les vieillards à New York à regarder de plus près l'idée même de l'importation de soldats étrangers qui conféraient à n'importe qui, voire Frank le Gosse, un petit imbécile incompétent, un pouvoir incroyable.

Mais le plan de bataille de Bolan n'était pas fait uniquement d'*espoirs*. La situation à Philadelphie, adroitement manipulée par Bolan, assurerait un éclat éventuel.

Il donna une voiture à Leo Turrin puis

l'accompagna jusqu'au portail où il lui serra chaleureusement la main.

— Bonne chance.

— Tu ferais mieux de la garder pour toi, répliqua Turrin avant de s'éloigner vers le second front de la guerre de Philadelphie.

CHAPITRE XXI

Frank le Gosse, furieux et trempé jusqu'aux os, envoyait des regards meurtriers au capitaine de la garde du palais qui l'avait violemment frictionné avec une serviette mouillée.

Il portait un peignoir éponge aussi trempé que la serviette, une tasse de café brûlant était posée en équilibre sur sa cuisse.

Bolan s'adressa au capitaine :

— Ça va comme ça, vieux, tu peux aller te reposer. Descends. Sammy offre à boire.

Le type lui lança un regard fatigué et reconnaissant, lui sourit puis sortit avant que Bolan ne puisse changer d'avis.

Bolan commença à ramasser les vêtements éparpillés et à les jeter sur l'homme assis au centre de la chambre, à même le sol.

— Debout, gronda-t-il. On a du travail à faire.

Frank considérait le parquet de la pièce depuis que Bolan s'y était introduit. Sans lever les yeux, il répondit :

— Vous avez un drôle de culot.

— A toi, il t'en manque, rétorqua Bolan. Ton père passe la plus mauvaise nuit de sa vie, et toi, tu te pètes la gueule comme un cosaque pour ronfler à travers le tout.

Frank redressa vivement la tête dès qu'il entendit cet affront verbal. Du fond des yeux jaillit une lueur étrange que Bolan n'y avait jamais vue. Il se leva péniblement, partit dans la salle de bains, en revint quelques secondes plus tard, muni d'une serviette sèche. Il commença à se frotter et fixa durement Bolan en se rhabillant.

— Je n'aurai pas à subir ce genre de merde toute ma vie, promit-il à Bolan. Un jour, vous serez à genoux pour me baiser la main !

— Compte pas dessus, lança Bolan. Dépêche-toi !

Comme à regret, le Gosse suivit le grand fumier lorsqu'il quitta la chambre. Tandis qu'ils descendaient le couloir, il demanda :

— Où allons-nous ?

— Nous allons te procurer une tête plus solide, répondit Bolan.

Le Gosse marmonna inaudiblement puis suivit sans discuter.

Sammy, le chef de la garde extérieure, et le capitaine de la garde du palais se tenaient sur le seuil de la bibliothèque, un verre à la main, et se parlaient à voix basse.

Ils se mirent presque au garde-à-vous, mais Bolan leur fit un signe amical.

— Détendez-vous, vous l'avez mérité.

Puis il passa devant eux, le Gosse sur ses talons.

Ils passèrent dans la cuisine puis descendirent au sous-sol. Dans la petite salle de garde il y avait un groupe d'hommes qui se passaient et se repassaient des bouteilles de scotch en rigolant joyeusement. Eux aussi se raidirent à la vue des patrons, mais l'un d'entre eux s'écria :

— Hé ! Mr Cavaretta, prenez un verre avec nous !

Bolan attrapa la bouteille qu'on lui tendait et fit semblant d'en ingurgiter une longue rasade, il la passa ensuite à Frank qui la tendit aussitôt à quelqu'un d'autre sans se soucier de faire bonne figure parmi les gardes.

Bolan émit un petit grognement, le poussa dans la salle de tir.

— Mais qu'est-ce qu'on fait ici ? se lamenta Frank.

Une épaisse odeur de sang répandu planait dans la pièce, et Bolan alluma. Il y avait des corps étendus dans tous les sens, amoncelés en tas grotesques là où l'on avait traîné les premières victimes afin de faire une place pour les dernières. Bolan avait vu vingt-six hommes descendre cet escalier; et vingt-six cadavres en tas constituaient un spectacle assez impressionnant.

Il ne savait pas quelle réaction attendre de la part de Frank Angeletti, mais il ne s'attendait pas le moins du monde à celle qu'il constata.

Délicatement, le Gosse passa parmi les victimes, évitant soigneusement de salir ses souliers dans les flaques rouges, un large sourire aux lèvres, tournant de-ci, de-là vers lui un visage mort pour mieux l'examiner. Il recherchait apparemment des hommes qui lui étaient connus et s'amusait franchement chaque fois qu'il en découvrait un.

Il ne prit même pas la peine de se demander *pourquoi* tous ces hommes étaient morts avant d'en avoir vérifié les traits de chacun.

— Mais qu'est-ce qui s'est passé ici ? demanda-t-il en souriant gaiement.

Il avait indiscutablement retrouvé sa bonne humeur. Et Bolan n'en fut pas entièrement surpris. Frank le Gosse se révélerait dangereux si jamais il comprenait le sens de ses responsabilités.

Bolan prit immédiatement la décision de ne jamais lui en donner l'occasion, et il comprit qu'il lui faudrait réviser en conséquence son plan de bataille.

Un léger recul.

— C'est la guerre, dit-il au Gosse. Ces gars sont venus de New York pour vous supprimer. On les a arrêtés.

Le Gosse souriait de plus belle.

— Oui, je m'y attendais un peu.

Bolan l'observa de plus près puis lâcha :

— Sans blague !

Puis il quitta la salle de tir.

La « chèvre » l'attendait devant la porte. Il lança un vague regard sur le Gosse, mais s'adressa à l'as de pique.

— Qu'est-ce qu'on fait de tous ces gars, Mr. Cavaretta ?

— Quelles étaient les instructions de Sammy ? demanda Bolan.

— Sammy a dit de les laisser là et de vous demander ce que vous vouliez qu'on en fasse.

— Les laisser là, fit Bolan en montant l'escalier.

En sortant, Frank avait saisi une bouteille. Bolan se précipita pour la lui arracher des mains. Il le fit grimper l'escalier de force en le menaçant :

— Touche encore une fois à une bouteille ce soir, et je te casse la gueule. Nous avons des choses à faire, et je te veux sur pattes.

Mais rien ne pouvait endiguer la bonne humeur du Gosse. Il se mit à rire.

— Hé! j'suis pas un ivrogne. Je me suis seulement un peu laissé emporter tout à l'heure.

Bolan l'emmena dehors pour lui demander :

— As-tu parlé à tes Siciliens depuis l'attaque de l'*Emperor's* ?

— Bien sûr. Vous me prenez pour qui ? C'est la première chose que j'ai faite.

— Il t'en reste combien ?

— Comment ? Ah! Pourquoi ?

— Ne fais pas le con, nom de Dieu ! Combien ?

— Eh bien... douze dans une pension près du stade Connie Mack. Encore quinze dans une autre baraque. Puis il y a... Ils sont encore quarante-deux.

— Tu en avais combien pour commencer ? lui demanda alors Bolan.

— Ça ne vous regarde pas !

— J't'emmerde ! grinça Bolan en se détournant rageusement. Je ne suis pas venu jouer au...

— Hé ! Dites ! s'écria le Gosse. O.K. Au départ j'en avais soixante-quinze. Et on m'a fait mal, très mal. Vous savez ce que me coûtent ces *malacarni* ? Ecoutez bien, pour chacun qui se fait descendre, je dois renvoyer dix mille dollars *en plus* de ce que je dois. Vous croyez que ça m'amuse ? Mais, nom de Dieu, cette tuerie d'aujourd'hui va me coûter trois cent mille dollars.

Bolan poussa un petit sifflement, étonné. Mais, en revanche, il venait de comprendre que cette espèce de guérilla pouvait effectivement nuire à l'Organisation, la toucher au point sensible.

— Putain ! s'exclama-t-il, si j'avais été ton associé, je me serais cuité aussi.

Le Gosse s'esclaffa bruyamment, mais s'arrêta aussitôt en portant les mains à la nuque.

— Oh, la vache, gémit-il. Vous, peut-être,

mais moi, pour rien au monde si je devais me repayer une gueule de bois pareille. Dis, Johnny. On est parti du mauvais pied tous les deux. Soyons copains.

Oui, le Gosse pouvait être bigrement dangereux.

Bolan lui envoya un regard surpris.

— Mais je n'ai jamais dit qu'on ne l'était pas.

— Non, c'est vrai, ça. Mais qu'est-ce qu'on fout dans le noir ?

— On cause, lui dit Bolan. En privé.

Il fouillait rapidement son cerveau à la recherche du ton qui conviendrait le mieux au Gosse.

— Ecoute, Frank. Tu as vu ce qu'il y avait dans la cave. Ce n'est qu'un commencement.

— Et tu es de notre côté, je vois, non ?

Bolan haussa les épaules.

— Moi, je dois rester neutre, tu le sais. Mais on m'a envoyé pour conseiller ton père. Ce qui veut dire que je dois te conseiller aussi. Tu le sais également. Et moi, je pense qu'il est temps de faire appel à tes Siciliens, de les tirer de leurs planques.

Frank fronçait.

— Je les ai fait sortir une fois, et regarde ce qui leur est arrivé. Le vieux a profité de moi. Il a prétendu qu'on pouvait défendre l'*Emperor's* sans problème, il voulait tester mes gars. Il a fait exprès de se laisser pister... juste pour voir.

— C'est du passé, lui dit Bolan. Mais

le fait demeure, s'il a perdu, *lui*, tu perds, *toi*. Exact ?

— Oui, je le suppose.

— Il va perdre pas mal d'ici peu.

— Qu'est-ce que tu veux dire ?

— Mais, nom de Dieu ! je veux dire que...

— Ah! je comprends. Ils ont choisi ce moment pour nous coincer, hein? Surtout avec ce Bolan qui nous emmerde comme il est pas possible de le faire. Quant à *celui-là*...

Tout était là. Bolan vit l'expression du Gosse et lui dit :

— Oublie-le.

— Oublie-le *toi-même*. Moi, je l'ai *vu*, ce fumier, et je ne l'oublierai jamais.

Instinctivement, Bolan décida d'exhiber une fois de plus son atout.

— Viens le voir de plus près, dit-il.

Il tira le Gosse jusqu'à la Maserati.

— Comment ? Mais qu'est-ce...

— Ta gueule et regarde.

Bolan ouvrit le coffre et désigna pour la troisième fois son as de pique.

— Doux Jésus ! s'écria Frank. Tu l'as eu ! Mais quand ?

Il tripotait sans gêne le cadavre raidissant, tâtant le visage, tirant sur la combinaison, soulevant les armes. Bolan lui reprit le Beretta et l'Auto-Mag et partit les enfermer dans la boîte à gants.

Le Gosse s'amusait toujours avec le macchabée lorsqu'il revint.

Bolan le repoussa puis referma le coffre.

— Où est-ce que tu l'as eu?

— L'essentiel, gronda Bolan, c'est qu'il soit là-dedans. Donc, tu peux l'oublier. Pour l'instant, il faut penser à Jules et Carmine, leur envoyer des renforts. Ils ne sont pas assez nombreux pour affronter les gars de New York. Ils ont besoin de tes Siciliens, Frank.

— Je les leur loue, annonça la petite gouape.

— J'ai honte pour toi, Frank, rétorqua Bolan d'une voix pleine de mépris.

Le Gosse continuait à fixer le coffre fermé.

— Fais comme tu veux, je m'en fous. Ce sont *mes* hommes, j'ai dépensé une fortune pour les avoir. Mille dollars par jour! Par jour!

— C'est l'argent de papa, Frank, lui dit Bolan.

Il y avait de nouveau cette étrange lueur au fond des yeux de Frank le Gosse, et Bolan se demanda brièvement qui manipulait qui.

— Jules et Carmine sont les gars de *ton père*. Que va-t-il penser si...

— O.K., O.K., fit Frank en riant comme s'il avait seulement voulu plaisanter. Tu sais bien que je ne le laisserai pas tomber. Johnny... Qu'est-ce que tu vas faire avec ce mec ?

Sans aucun doute, Frank était extrêmement dangereux.

— Quel mec?

Frank jeta un regard sur la Maserati.

— Celui-là.

— Je vais le ramener.

— Mais où ?

— Eh bien, à la *Commissione*. Il y a cent mille dollars de récompense à récupérer.

— Vends-le-moi.

— Hein ?

— Laisse-moi le ramener. Pour la *famille*... pour l'orgueil. Ça nous aiderait en ce moment, tu ne crois pas ? Combien de familles ce type a-t-il ridiculisées ? Presque toutes. Exact ? Ça nous aiderait, nous autres de Philly, si... Johnny, je ferai ce que tu me demanderas. Mais laisse-moi le ramener. Evidemment, je te donnerai la bourse.

— Eh bien, je ne sais pas, dit Bolan.

— Je te refilerai la bourse et j'y ajouterai encore dix mille dollars de ma poche. Non, vingt. Ce que tu voudras.

— Je ne sais pas, répéta Bolan. Il n'y a pas que l'argent. C'est comme tu l'as dit, une question d'orgueil. Enfin, tu comprends, non ? Le type qui ramène ce gars va devenir quelqu'un. Tu t'en rends compte ?

Frank le Gosse s'en rendait drôlement compte.

Il était emballé par cette idée, elle lui broyait les tripes, le déchirait. Il tremblait de tous ses membres en s'adressant à l'as de pique venu de New York.

— Ton prix sera le mien, Johnny. Mais il me faut ce gars.

Bolan s'efforça d'hésiter aussi longtemps que possible, puis il dit au Gosse qui commençait à comprendre le sens de ses responsabilités :

— Bon, enfin, l'argent n'est pas tout dans la vie, n'est-ce pas ? Et comme tu l'as dit, un jour des gens seront à genoux devant toi pour te baiser les mains. Tu ne me laisseras pas tomber ce jour-là, hein, Frank ?

— Mais écoute, tu me connais mieux que ça. Tu auras tout ce que tu voudras, Johnny...

— O.K., donne-moi seulement la bourse Mais tu ferais bien de me la remettre tout de suite. Pour qu'on soit en règle.

— Tu la veux maintenant ? Tout entière ?

Bolan étira le cou, lâcha un rot au creux de la main.

— Si tu peux obtenir la somme, oui.

— Mais évidemment que je le peux. Johnny... Don Stefano... il est au courant ? Je veux dire... ?

— Non, tu es le premier à savoir, lui assura Bolan.

— O.K. !

Le Gosse n'en pouvait plus.

— C'est entre toi et moi alors, et il faut que ça reste comme ça. Dès maintenant, c'est Frankie et Johnny. Ça sonne bien, non ? Ecoute, j'ai déjà l'argent. J'allais partir de nouveau en Sicile et j'ai planqué le fric en liquide. Johnny, j'vais te donner cent dix mille.

— C'est très gentil à toi, mais cent mille me suffiront.

— Non, non, j'insiste pour les dix mille supplémentaires. Ecoute, tu vas m'attendre ici, et on va régler cette affaire tout de suite.

Bolan l'arrêta tandis qu'il se lançait vers la maison.

— N'en parle pas, Frank, dit-il. Si un seul type le sait, ça annule le marché.

— Putain! t'en fais pas pour ça.

— Pendant que tu seras à l'intérieur... C'est important... Passe un coup de fil à tes chefs d'équipe. Envoies-en la moitié chez Jules, l'autre moitié chez Carmine. Souviens-t'en, Frank, parce qu'il ne reste sûrement pas beaucoup de temps.

— Je n'oublierai pas, je te le jure.

Il courut alors jusqu'à la porte.

Bolan se pencha contre la Maserati et se frotta les yeux.

Au pays de la guerre, l'Exécuteur se portait bien.

CHAPITRE XXII

Ils posèrent le cadavre dans le coffre de la Buick de Frank, Bolan empocha les cent dix mille dollars et s'assit dans la voiture pour accompagner le Gosse jusqu'au portail.

Frank bouillait d'impatience, il vivait déjà dans son esprit le rôle de « l'homme qui avait tué Mack Bolan » — il lui tardait de commencer le voyage qui le mènerait jusqu'à la *Commissione* à New York.

Bolan s'inquiéta une troisième fois au sujet des Siciliens de Frank, mais celui-ci jura qu'ils étaient déjà en route, vingt et un chez Jules Sticatta, vingt et un chez Carmine Drasco.

Bolan descendit de la Buick au portail et fit un clin d'œil d'adieu au héros du jour. Il remontait rapidement vers la maison lorsque son attention fut attirée par un brouhaha sur la pelouse de devant.

Un type se faisait tabasser à mort, du moins, toutes les apparences s'y prêtaient. Trois gardes l'avaient mis à terre et lui donnaient des coups de poing ou de pied lorsque Bolan arriva sur ces entrefaites et commença à dégager l'individu assailli.

— Sale flic ! tonitrua l'un des gardes.

Effectivement, il s'agissait d'un flic. Le jeune policier en civil avec lequel Bolan s'était entretenu plusieurs fois dans la journée gisait à ses pieds.

Du gazon, il fixait rageusement Bolan en soufflant comme un buffle; visiblement, il était furieux. Plus contre lui-même sans doute que contre autre chose.

Bolan le souleva, l'épousseta, l'examina pour s'assurer qu'il n'avait pas subi de blessures et n'en trouva aucune. Il aurait mal aux côtes et au ventre pendant quelques jours, mais il s'en tirait sans séquelles.

En revanche, il avait perdu la face : voilà qui était blessant.

Un garde balançait le revolver du flic au bout de son doigt, et regardait Bolan d'un œil incertain.

Bolan prit le revolver, le renfonça dans le holster du flic.

— Vous ne pouvez pas leur en tenir rigueur, dit-il au policier vexé, s'ils vous ont sauté dessus. Vous avez pris des risques. Vous n'avez aucun droit de vous trouver ici, vous savez. Le mandat que vous aviez ce soir n'autorisait pas un séjour permanent.

Sammy, qui avait entendu le pugilat, arriva au pas de course. Il ralentit dès qu'il vit

Bolan-Cavaretta. Constatant que la situation était sous contrôle, il demanda :

— Quoi maintenant ?

— Rien maintenant, lança Bolan. Monsieur partait, c'est tout.

Le chef de la garde extérieure protesta.

— Mais, Johnny ! ce gars fouinait partout... Ben, j'sais pas.

— Non, ça va, dit Bolan. Il veut la même chose que nous. C'est un soldat du même bord. Ben, voyons. Casse-toi, poulet. Bonne chasse.

Le détective fit volte-face sans mot dire, repartit vers le mur.

Le visage de Sammy s'était buriné d'incertitudes.

— Mr Cavarctta, s'écria-t-il, je ne pense pas...

— Justement, cracha Bolan. Ne pense pas ! Ce rôle m'appartient exclusivement. Il repart !

Le flic repartit, et Bolan remonta vers la maison.

Il se serait volontiers passé de cet incident.

Il lui fallait trouver un téléphone à toute vitesse et jouer quelques atouts supplémentaires.

Entrant immédiatement dans la bibliothèque, il saisit l'appareil tandis qu'un autre, quelque part dans la maison, reposait le combiné.

Il reposa l'appareil, leva son regard vers le plafond puis reprit l'appareil.

Apparemment, il n'y avait personne sur la ligne mais il attendit néanmoins plusieurs secondes avant de composer le numéro que lui avait laissé Drasco. Carmine répondit personnellement dès le premier coup de sonnerie.

— C'est moi, annonça Bolan. Il arrive qui tu sais en ce moment même. Prépare-toi.

La réponse de Drasco fut prudente et rassurante.

— Merci. Combien sont-ils ?

— On m'a dit quarante-deux. Moitié chez toi, moitié chez Jules. Appelle-le.

— O.K. Vous savez, on n'oubliera pas.

— Attends, fit Bolan. J'ai entendu autre chose. Quel est le signal dont vous deviez vous servir ?

— Les appels de phare ?

— C'est ça.

— Bien. Heu... deux coups de grands phares et un appel long, deux coups de lanternes et un long, une fois de plus grands phares et retour en lanternes.

— Voilà, c'est bien ça, dit Bolan avec un optimisme inégalable. Fais bien attention. Ça veut dire autre chose ce soir. C'est un signal pour eux qui signifie que la voie est libre et qu'ils peuvent foncer.

— Qu'ils foncent, ils se casseront le nez, marmonna Drasco avant de raccrocher.

Un sourire sinistre et satisfait aux lèvres, Bolan passa à travers l'annuaire puis fit un second appel. Il trouva enfin son correspondant après quelques tergiversations au sujet de noms et des départements. Il raconta rapidement ce qu'il avait à dire puis raccrocha.

Ensuite, il se leva et monta au premier pour demander au Don pourquoi il écoutait aux portes par téléphone.

Le capitaine Thomkins était assis derrière son bureau, les épaules voûtées, contemplant d'un œil morne un quart de lait.

— Quand on m'enterrera, dit-il à Joe Persicone, je veux que l'on me fasse une pierre tombale en carton ciré et en cellophane compressés. J'ai passé la majeure partie de ma vie entouré de déchets de sandwichs et de cartons vides, il n'y a aucune raison pour que je ne passe pas l'éternité en leur compagnie.

L'homme du F.B.I. s'était étendu en travers de deux chaises. Il replaça péniblement ses pieds, poussa un grognement d'aise fatigué.

— Nous ferions mieux de raccrocher, Wayne, déclara-t-il. Je crois que nous avons raté le coche. A mon avis, nous n'aurons plus jamais de nouvelles de ce type.

— Ah ! ne recommencez pas, gronda Thomkins. Moi, je n'ai pas encore abandonné la partie.

Et comme pour récompenser cette persévérence, Bolan téléphona à cet instant précisément.

Le capitaine happa l'appareil, les yeux rivés sur le visage intrigué de Persicone.

— Ouais, ouais, commença-t-il, c'est bien le grand flic avec un costard gris sale. Qui est-ce ?

Il cligna rapidement les yeux d'étonnement, et Persicone parut encore plus ahuri qu'un instant auparavant.

— *Qui ?*

Persicone dégagea rapidement ses pieds et prit place au bord de sa chaise dans l'expectative.

— Bien sûr que je sais où, dit le grand flic. Vous dites qu'ils seront... attendez ! Qu'est-ce qui me prouve que vous êtes vraiment qui vous dites?

Ses yeux brillèrent subitement.

— D'accord, mon gars. Hé ! rendez-moi service, d'accord ? Foutez le camp de cette ville !

L'agent du F.B.I. entendit crépiter la ligne tandis qu'une voix calme et méthodique annonçait les pires événements.

Tantôt le capitaine écarquillait les yeux, tantôt il fixait Persicone, les yeux mi-clos, le regard rétréci, ses expressions virant au fil de la conversation.

Finalement Thomkins éleva la voix et s'écria :

— Non ! Merde, attendez ! Attendez... Il ne l'a pas fait... ? Mais si !

Il raccrocha violemment l'appareil avec une exclamation d'incrédulité :

— Il m'a raccroché au nez !

— Qui était-ce ? interposa Persicone qui connaissait fort bien la réponse.

— Il a dit qu'il était Mack Bolan. Il a aussi dit qu'une armée d'étrangers — je me demande bien ce qu'il a voulu dire — qu'une armée d'étrangers allait monter à l'assaut du musée des horreurs — et je me demande encore une fois ce qu'il a voulu dire — et aussi que nous devrions nous précipiter chez Drasco et chez Sticatta. Pour les ramasser à la petite cuillère.

Persicone s'était levé.

— Et alors ? On y va ?

— Attendez un instant, je voudrais...

— Moi, je pense que nous devrions nous dépêcher.

— Il y a déjà des équipes de surveillance en place. Laissez-moi...

— C'est tout ce qu'il a dit?

— Non, ce n'est pas tout. J'espère bien qu'on aura pu me faire un enregistrement de cet appel. Il a dit qu'on devrait obtenir les empreintes digitales de tous ces *mala* — macaroni ou quelque chose comme ça — et...

— *Malacarni* ?

— Ouais, c'est le mot. Qu'est-ce que ça veut dire ?

— Je vous le dirai plus tard. Continuez, et après ?

— Que nous devrions les envoyer à Interpol parce que les résultats pourraient nous intéresser. Joe ?

Le capitaine observait l'agent du F.B.I. d'un regard fixe.

Persicone trouva le regard gênant.

— Quoi ? fit-il nerveusement.

— Dites-moi la vérité. Ce type travaille en collaboration avec vous ?

— Bolan ? Allons donc !. Et puis quoi encore ! Il n'a rien dit de plus ?

Thomkins poussa un soupir.

— Il a seulement ajouté que le temps se resserrait. Puis il a raccroché.

Persicone se trouvait déjà près de la porte, la main posée sur la poignée.

— Vraiment, dit-il. Nous devrions partir.

— Alors, vous êtes convaincu qu'il s'agît de Bolan.

— J'y mettrais, soupira Persicone, la main au feu.

CHAPITRE XXIII

Le Don était toujours assis près de la fenêtre dans le fauteuil où Bolan l'avait vu plus tôt, mais maintenant un téléphone reposait sur ses genoux. Il contemplait cet appareil en chantonnant des sons imprécis et discordants.

Il se tenait de côté lorsque Bolan entra, et ses traits tranchants se découpaient en un profil d'oiseau de proie archaïque. Depuis plus de cinquante ans, Stefano Angeletti était l'un des grands criminels les plus actifs et les plus méchants, voire nocifs, du Milieu. Il s'était frayé un chemin à travers cette jungle faite d'hypocrisie et de traîtrise à coups de machette, infligeant une souffrance infiniment plus grande que celle que l'on pouvait lui faire ressentir, et il était arrivé au bout de cette forêt brutale à la tête d'une horde de compétiteurs plus vicieux les uns que les autres.

Mais le voyage avait laissé des traces dont les stigmates n'étaient que trop visibles au cœur de la nuit. Les ravages de cinquante années sous les feux de la rampe du crime avaient creusé et buriné le visage qui s'offrait aux yeux de Bolan, et Bolan n'en perdait pas une miette.

C'était piteux car le vieillard se trouvait, en fait, toujours au cœur de la jungle. Il n'avait survécu qu'à cinquante années de violences répétées.

Et pourtant il chantonnait tout doucement des paroles sans signification, des mots dont la pourriture ineffable devait lui rappeler quelqu'un ou quelque chose.

Bolan s'adossa au mur, croisa les bras, demanda au vieillard chantonnant :

— Vous essayez de conjurer le sort, Stefano ?

— Je viens de passer un coup de fil pour conjurer le sort, répondit doucement le vieil homme.

Bolan se pencha pour reprendre le téléphone. Lorsqu'il l'eut retiré, il vit au creux de la main d'Angeletti un tout petit revolver noir.

D'un mouvement insoupçonnable, le silencieux du Browning se glissa entre les lèvres d'Angeletti.

Le point de non-retour n'était pas encore arrivé; Bolan aurait pu l'assassiner immédiatement, du moins il le croyait, et repartir... Enfin, peut-être. Mais il y avait quelque chose dans le regard humide du vieillard qui le retint et il dit au *Capo* :

— Nous ne sommes pas forcés d'appuyer tout de suite.

— Tu as plus de temps que moi, répondit le Don d'une voix sèche.

— Tu as dû recevoir un curieux appel.

— Oui et non.

Bolan posa doucement le téléphone sur la table près du fauteuil, puis se pencha contre le mur, le Browning prêt et braqué.

— En fait, j'en ai passé un et j'en ai reçu un autre, lui avoua Angeletti d'une voix si faible qu'elle paraissait inexistante. Philippa m'a téléphoné pour me dire adieu. Elle m'a dit qu'elle ne revenait pas. Mais le sang parle. Surtout le *nôtre*, je n'en sais rien au sujet du tien. Elle m'a prévenu contre toi. Elle dit que tu as reçu des plombs de fusil de chasse, et ça la gênait.

Il caqueta, mais ses yeux ne se détachèrent pas de l'arme que tenait Bolan ni du doigt qui effleurait la détente.

— Tu imagines ? Elle se faisait du mouron pour son vieux papa.

— C'est un peu normal, non ? fit Bolan.

Le vieil homme continua comme s'il n'avait pas entendu cette réplique.

— Alors, j'ai téléphoné à Augie. J'avais eu l'intention de lui passer ce coup de fil plus tôt et je l'aurais fait, mais les téléphones étaient en dérangement. Mais lorsqu'ils ont été réparés — enfin, tu m'avais déjà embobiné, mon gars, et pas qu'un peu, n'est-ce pas ? Donc, j'ai téléphoné à Augie. Il m'a dit que le fameux Johnny Cavaretta n'était pas parti de New York très tôt, et qu'il n'aurait pas pu arriver avant dix-huit heures. Il m'a affirmé que cela aurait été impossible qu'il puisse arriver plus tôt. J'vais te flanquer une balle dans les narines, espèce de fumier. Ça te dit, ça ?

Bolan haussa l'épaule dégagée.

— La mort nous vient à tous tôt ou tard, Steven. Mais à qui d'entre nous viendra-t-elle en premier, voilà la question. Même sans moi, tu es foutu. Qu'est-ce qu'il a dit, Augie, au sujet de ta folie passagère ?

— T'es pas dingue ? Je ne lui ai rien dit, à Augie ! J'vais évaluer les dégâts d'abord.

Bolan se demanda si le vieil homme était encore lucide et en rapport avec la réalité. Il semblait avoir complètement oublié le Browning.

— Irréversibles, annonça Bolan.

— Quoi donc ?

— Les dégâts sont trop importants, le mal est irréversible. Tu n'y pourras rien, Steven, tu t'es fait posséder jusqu'au trognon. D'un côté tu passes pour un con, de l'autre tu as fait décimer les délégations que t'avaient envoyées trois familles alliées. Tu as supprimé ces gars sans aucun motif. A moins que tu n'aies essayé de prendre le pouvoir absolu.

— Aaah ! tu crois une seconde que...

— Ou c'est peut-être Frank.

— Comment ? Qu'est-ce que t'as dit ?

Bolan haussa de nouveau son épaule.

— L'on pourrait éventuellement croire que Frank le Gosse essaye de faire un coup d'Etat.

— Mais personne ne le saura jamais, dit le vieillard d'une voix de plus en plus faible. On dira que c'est toi le responsable de tous ces morts en bas.

— Des clous, Steven. Personne n'y croira. N'importe qui comprendrait ce qui s'est passé en bas en y jetant un simple coup d'œil. De plus, c'est une opération qui porte ta griffe. Et il y a trop de gars qui savent comment ça s'est vraiment passé ce soir.

Le menton grisonnant tremblotait, les yeux larmoyaient.

— Qu'est-ce que t'as fait d'autre comme saloperie sous mon nez ?

— Pas grand-chose. Sinon que Jules et Carmine se battent en ce moment comme des beaux diables contre les Siciliens de Frank.

Le vieil homme bondit dans son fauteuil.

— Quoi ! s'écria-t-il.

Bolan acquiesça sans quitter des yeux le petit revolver noir.

— Eh oui.

Le chien était levé, le canon pointé vers le visage de Bolan. Il vit que la main du vieux tremblait, et il s'apprêtait à appuyer aussi.

Mais il ne se passa rien. Le vieillard n'en avait pas encore fini de lui poser des questions.

— Le macchabée que tu m'as montré, fit-il. C'était bien Johnny Cavaretta ?

Bolan acquiesça.

— Bien sûr.

La main trembla de plus belle.

Bolan ne comprenait que trop bien les variantes explosives et douloureuses qui faisaient des ricochets à l'intérieur du vieux cerveau. La pilule était dure à avaler, surtout pour un gros ponte comme Angeletti qui voyait se dissiper en désastre les efforts de cinquante années. Toutes ces émotions traversaient son regard bouleversé.

Bolan laissa tomber un atout de plus.

— Je l'ai vendu à Frank.

— Tu as fait quoi ?

— J'ai vendu le cadavre à Frank le Gosse.

— Mais qu'est-ce qu'il en foutrait, bon Dieu ?

— Du corps rien, mais quant à la tête... Enfin, c'est plus léger. Il a balancé le reste dans la cave.

— Mais... *Doux Jésus !*

Le vieil homme n'était pas lent d'esprit. Il avait tout de suite compris... et il savait... il savait. Combinées, la colère et l'anxiété au sujet d'un fils et héritier qui n'avait décidément pas le sens de ses responsabilités prirent le dessus, la douleur morale du vieil Angeletti lui fit oublier son amère volonté de survivre et de punir. Il tremblait de tout son être lorsqu'il demanda à Bolan :

— Il est déjà parti ?

— Il est parti, affirma Bolan.

— Ramène-le ! hurla Angeletti. Tu peux le faire, toi ! Je te donnerai tout ce que tu voudras — tout ce que je possède ! Mais ne laisse pas aller ce gosse à un suicide ! Qu'est-ce qu'ils vont croire ? Ou faire ? Mais bon Dieu ! ce type était un *Talifero* ! *Cours ! Ramène-le-moi !*

Bolan se pencha, écarta le revolver des doigts fragiles et l'enfonça dans sa ceinture.

— Pas question, Steven, dit-il. C'était mon plus beau coup.

Angeletti n'existait plus, sa volonté avait disparu, son courage l'avait abandonné. Sa crise de rage, les hurlements qu'il venait de pousser l'avaient épuisé, il s'affaissa contre le dossier du fauteuil en poussant un râle désespéré, vidé, creux.

— Tu te feras descendre un jour, mon gars, promit-il à l'Exécuteur.

Ses yeux lançaient des reflets jaunâtres de haine à l'état pur, toute la volonté d'une vie remplie de méfaits semblait jaillir de son regard.

Bolan poussa un soupir.

— La mort nous vient fatalement à tous, Steven.

Puis il se détourna pour sortir.

Le capitaine de la garde du palais entra à cet instant, attiré sans doute par les cris émotifs du vieillard.

Don Stefano utilisa ses dernières forces pour gémir :

— Tue-le, Tony ! *Tue-le,* bon Dieu !

— Mais *qui* ? demanda le capitaine qui, après avoir passé plus de la moitié de sa vie au sein de cette famille, arborait une expression d'extrême incertitude et de perplexité.

Bolan lui sourit tristement.

— Il me prend pour Mack Bolan, dit-il.

— Oh, putain ! chuchota le capitaine avant de quitter la pièce à reculons en secouant la tête d'un air navré.

Bolan s'arrêta près de la porte pour contempler une fois de plus, une dernière fois, un homme qui avait réussi sa vie... pour un *mafioso.*

Don Stefano Angeletti était recroquevillé dans le fauteuil, les mains posées sur les bras d'acajou comme des serres d'oiseau de proie.

— Tue-moi, fumier ! chuchota-t-il.

— C'est déjà fait, Steven, annonça l'Exécuteur au Don.

Puis il sortit, descendit jusqu'à l'abri, monta dans la Maserati.

Une silhouette familière se détacha de l'ombre tandis qu'il mettait le moteur en marche, et Sammy, le chef de la garde extérieure, vint s'immobiliser près de la portière.

— Vous nous quittez, Mr Cavaretta ? demanda le chef d'une voix nerveuse.

Bolan lui sourit.

— Oui, et tu n'as pas encore appris à m'appeler Johnny.

— Non, mais je ne pense pas que j'aurais

jamais osé, répondit Sammy. Heu... le capitaine m'a prévenu au sujet du Don. Il est... ? Il est...

— Il n'est pas mort, déclara Bolan d'une voix rassurante. Ecoute, Sammy...

Le chef le regardait fixement et ses yeux lançaient des appels angoissés — et, en le voyant, Bolan se souvint d'un petit garde du corps à Las Vegas, qui lui avait voué une loyauté instantanée et qui, même lorsqu'il avait su la vérité, n'avait pas hésité une seconde et s'était jeté devant Bolan pour encaisser la balle qui l'aurait tué. Le petit Max Keno.

Max et Sammy étaient faits d'un même moule. Ils n'avaient rien d'exceptionnel, mais ils n'étaient pas plus mauvais que d'autres; ils étaient seulement...

Des hommes comme eux n'avaient jamais été des tueurs, des torpilles, des tortionnaires; ils avaient passé leur vie à servir loyalement une cause dont le sens leur échappait; ils avaient servi la couronne, pas l'homme qui la portait. Des soldats de la garde qui avaient passé leurs journées et leurs nuits à se tenir tranquillement dans l'antichambre pour qu'un vieillard immonde puisse connaître les sensations du pouvoir absolu, pour qu'il puisse tendre le cuir tanné d'une main flétrie et sentir le frôlement d'un baiser respectueux.

Des soldats de *l'autre* bord, mais des soldats malgré tout.

Bolan poussa un soupir et cessa de lutter contre lui-même. A cause de Max et pour Sammy aussi, il dit :

— Le vieux est vivant, mais dans un sens il ne l'est plus, Sammy. Tu ferais bien de monter pour veiller sur lui. Son monde s'écroule.

— Qu'est-ce qui s'écroule?

— Tout. Le musée des horreurs se désagrège. Mets-le au lit, puis rassemble tes hommes et barre-toi ou arme-toi jusqu'aux dents parce que, crois-moi, demain la journée sera rude ici.

— Je... mon Dieu! je savais bien que ça tournait au vinaigre. Une équipe de vos hommes vient de nous relever au portail. Je commençais à me douter de quelque chose.

Bolan sentit son cœur se glacer. Mais il s'efforça de continuer sur un ton calme.

— Quelle équipe, Sammy ?

— Des *Taliferi*. Le chef d'équipe s'appelle Schianto. Est-ce que ça veut dire que nous... Heu... Frank n'est...

— Frank ne reviendra pas, marmonna Bolan. Pas plus que Philippa, si elle est aussi intelligente que je le crois. Non. Ça s'écroule, Sammy. Rassemble tes hommes, croise les doigts et restez tranquilles.

Le chef était mystifié mais il bredouilla :

— Merci. Je... merci, Johnny.

La Maserati roulait déjà, glissait silencieusement le long de l'allée, descendait vers le portail.

Une fois de plus, un événement imprévisible allait tout remettre en question.

Cela pouvait bien être la réaction au second front que Bolan avait ouvert par le biais de Leo Turrin. Si tel était le cas, une équipe d'élite de la *Commissione* se trouvait déjà en place à Philadelphie et n'avait attendu que le mot d'ordre pour entrer en scène. Il se pouvait aussi qu'elle soit arrivée en même temps que le vrai Johnny Cavaretta. De toute façon, la situation venait de se modifier considérablement, et Bolan avait pourtant déjà utilisé la plupart de ses atouts.

Il ne pourrait pas se frayer un chemin à travers ces hommes en bluffant, car les *Taliferi* se méfiaient de tout le monde. Il était évident qu'ils comprendraient rapidement que quelque chose ne tournait pas rond et qu'ils ne laisseraient pas sortir Bolan avec des « Bien, monsieur; bonsoir, monsieur ».

Une chose mènerait à une autre, et une seconde tête prendrait peut-être le chemin de New York.

Une longue limousine à huit places était rangée sur la pelouse près de l'allée.

Une portière était ouverte et un homme était assis en travers de la banquette, les pieds sur l'herbe. Bolan devina qu'il tenait un fusil ou un PM sur les genoux.

D'autres types se tenaient aux extrémités de la voiture, tranquilles, les mains sur les hanches.

Il y en avait quatre de plus près du portail, deux de chaque côté, les bras croisés, les mains proches de la crosse de leur revolver.

Et voilà. Sept en vue. Il y en avait sûrement encore deux dissimulés quelque part.

Il fallait passer directement à l'attaque sans perdre une seconde, un assaut frontal et de plein fouet, sans finesse, sans élégance. Utiliser la simplicité et la brutalité.

Il avait sorti l'Auto-Mag de la boîte à gants. Il y ajouta le Beretta. Ouvrant la portière de la Maserati, Bolan se laissa glisser à terre tandis que le véhicule continuait à rouler sans conducteur dans l'allée.

Cette manœuvre lui procurait un avantage immédiat, car pendant quelques secondes le requin lui fournissait un écran mobile, le cachait des regards de l'ennemi.

Il y eut des cris et certains se mirent à courir en tous azimuts tandis que la voiture les dépassait — ensuite l'Exécuteur se dressa lestement et se mit à détaler à une telle vitesse que son vieil ami, Wils Brown, en aurait conçu une immense fierté.

L'homme assis dans la limousine constituait la première cible. Il se faufilait près de la voiture en essayant de faire entrer en jeu son Thompson qu'il avait dressé par-dessus le capot.

L'Auto-Mag tonna, cracha des flammes, et le visage du type se désintégra subitement. Le Thompson glissa en travers du capot, expédia une rafale inoffensive vers la lune puis tomba derrière la voiture près du cadavre de son propriétaire.

Les deux autres types près de la voiture s'étaient jetés à plat ventre dans l'herbe. Le premier tournoyait sur lui-même pour rallier une zone d'ombre, le second s'était dressé sur un genou et déchargeait son revolver aussi rapidement qu'il le pouvait sur une cible mouvante qui refusait de se laisser atteindre. Le second Magnum .44 traversa la bouche entrouverte du tireur, le souleva pour mieux le plaquer au sol.

A cet instant, le Beretta aboya brièvement, et l'homme qui roulait sur lui-même finit sa course rampante et resta immobile comme un pantin désarticulé.

Les quatre types du portail envoyaient un feu continu à partir du mur de chaque côté du portail. Plusieurs balles s'écrasèrent dans le gazon juste devant les pieds de Bolan et une dernière siffla près de son oreille en emportant une lamelle de la peau de la joue de l'Exécuteur.

Bolan rendit aussitôt un feu suivi qui désorganisa les efforts communs du groupe, et il entendit d'une part monter un cri de douleur.

— J'suis touché ! s'écria un second.

Ce fut alors que Bolan eut une impression de mouvement sur le flanc et qu'il vit un éclair orange dans l'obscurité qui se prolongea par la vive douleur qu'il ressentit dans la jambe gauche juste avant de s'écrouler. L'explosion instantanée de l'Auto-Mag vers l'obscurité provoqua un autre hurlement de détresse.

Quelqu'un près du mur s'écria :

— Il est à terre ! Il est touché !

Il s'ensuivit une fusillade, et le gazon sauta tout autour de Bolan. Instinctivement, Bolan roulait sur lui-même vers l'ombre, tirait aveuglément, se rendait compte qu'il perdait du sang de ses deux blessures mais aussi qu'il avait réduit l'opposition de beaucoup. A présent, ils n'étaient plus que deux contre lui.

Certains hommes meurent facilement et quittent la vie en poussant un petit soupir ou un râle pénible.

D'autres meurent difficilement et à regret, et donnent leur maximum pour faire reculer de force la dernière échéance.

Bolan faisait partie des seconds.

Il atteignit l'ombre du mur, se dressa, ignora la vague de douleur qui l'inondait et la nausée qui bouillait au creux de son estomac, continua vers son but.

Il vit le blanc des yeux de l'ennemi et il l'entendit pousser des petits cris de désespoir tandis que le chien de son revolver s'abattait sur des cartouches vides.

Il en fut de même pour l'Auto-Mag dont les munitions étaient épuisées. Bolan caressa instinctivement la détente du Beretta, expédia la dernière balle de cette arme, fit exploser des os et de la chair. Bolan passa tandis que l'homme s'écroulait.

Il ne restait plus que Bolan, le portail clos et la Maserati qui s'était immobilisée un peu plus haut, et peut-être un dernier tireur en face, de l'autre côté de l'allée — un tireur qui ne se manifestait pas pour l'instant.

Il écrasa l'interrupteur pour ouvrir le portail tout en plongeant la main dans l'échancrure de sa veste pour y chercher le Browning de Johnny Cavaretta. Mais le Browning ne s'y trouvait plus et avait dû tomber quelque part pendant la course folle sur l'herbe. Oui, il y avait encore un homme en face.

En un éclair de lucidité, le type s'était rendu compte que Bolan n'avait plus d'arme chargée. Il avança dans l'allée, un sourire méprisant et triomphant aux lèvres, un gros revolver à canon long tenu à bout de bras des deux mains, suivant froidement le mouvement évasif de Bolan.

Pourtant Bolan n'esquivait pas pour fuir. Il se rapprochait pour en venir aux mains, et l'homme au revolver ne l'avait pas encore compris, car il expédia une balle à l'emplacement qu'avait occupé la tête de Bolan un dixième de seconde auparavant.

Le gros pistolet argenté traversa les airs

à une vitesse prodigieuse, lancée adroitement vers le visage du tueur qui esquiva pour éviter le choc et qui tira en vain durant ce mouvement.

Mais Bolan l'avait déjà rejoint.

Le revolver du type disparut subitement de sa main, et Bolan l'empoigna et le serra effroyablement entre ses bras. La colonne vertébrale du type commença à céder.

— Non ! *Non !* gargouilla le tueur.

Mais son appel fut lancé en vain, et un dernier *Talifero* mourut entre les bras d'acier de Mack Bolan.

L'Exécuteur laissa choir sa victime et fit quelques pas titubants vers la Maserati en prenant conscience des hurlements muets que lui adressait sa jambe touchée.

La bataille avait fait rage, mais elle n'avait duré qu'un instant. Il ne s'était guère passé plus de vingt secondes depuis qu'il s'était laissé tomber de la voiture. Il n'avait pas eu le temps de se vider mais un état léthargique commençait à l'envahir, une faiblesse des membres se faisait nettement remarquer.

Il mit un genou à terre pour examiner sa blessure, tâtant du bout des doigts. Le muscle était troué mais l'os n'était ni cassé ni atteint. En revanche, il saignait comme un porc. Par un hasard curieux, il avait conservé le foulard en soie blanche de Johnny Cavaretta. Il le retira de ses épaules et s'en fit un tourniquet.

Du sang coulait de l'estafilade sur sa joue

mais cette blessure était plus pénible que dangereuse. Il déchira une longueur de foulard et s'en servit pour essuyer la plaie sur sa joue, et se rendit seulement compte alors que la dernière balle du combat ne s'était pas perdue. Elle avait frappé le cuir de son holster puis avait dévié pour venir se loger entre sa peau et ses côtes; Bolan sentit le projectile immobile en passant doucement un doigt sur la petite bosse qui gonflait sa chair sous l'aisselle gauche. Il saignait un peu de ce côté-là aussi.

Il se dirigeait vers la Maserati en boitant lorsqu'il vit apparaître un homme qui s'arrêta au centre du portail ouvert.

C'était — naturellement — le jeune détective.

Que faire à présent ?

Il fixa durement le flic puis son regard tomba et il leva des mains vides.

— Terminé, annonça-t-il.

Le jeune flic se baissa pour ramasser quelque chose dans l'allée, puis vint jusqu'à Bolan pour coincer l'objet dans sa ceinture. C'était l'Auto-Mag.

Le flic lui sourit curieusement.

— Terminé, tu parles !

Puis il aida l'Exécuteur à monter derrière le volant du requin qui avait coûté quarante mille dollars.

Il referma la portière et demanda à l'homme le plus recherché des Etats-Unis :

— Vous avez du feu ?

Bolan lui tendit sans mot dire un paquet d'allumettes. Le flic alluma une cigarette puis la coinça entre les lèvres de Bolan.

— Je ne me souviens jamais qu'il faut en amener pour les heures supplémentaires.

Bolan tira sur la cigarette, lança un coup d'œil vers la maison tandis qu'il soufflait la fumée. Il y vit des hommes qui se tenaient dans l'embrasure des fenêtres.

Le flic alluma une seconde cigarette. Il souffla un peu de fumée vers la maison.

— C'est vrai que cette maison appartient à un Don de la Mafia ?

Bolan lui adressa un sourire narquois.

— Comment le saurais-je ? Je ne faisais qu'attendre un ami.

— Vous l'avez trouvé, annonça le flic.

Il mit un bout de tissu dans la main de Bolan.

— J'allais garder ça, un souvenir de guerre, quoi. Mais ça ne vaut rien comme preuve. Gardez-le pour vous rappeler Philly. Et puis vous avez une fuite du côté gauche, ça pourrait servir de tampon.

Bolan examina le bout de tissu tandis que le flic lui parlait. C'était une poche noire qui avait été arrachée à sa combinaison.

— Où est-ce que vous avez trouvé ça ?

— Ça vient de l'uniforme d'un soldat du même bord, je pense. Enfin, je ne sais pas, moi. C'était accroché sur une branche quelque part là-bas. Allez, cassez-vous, soldat. La police va rappliquer d'un instant à l'autre, vous la gêneriez. Bonne chasse. Ah...! Si je conduisais ce bolide, je tournerais à droite en sortant et je ne me retournerais pas avant d'avoir traversé le Franklin Bridge.

Bolan mit le contact, remercia le flic d'un regard reconnaissant et fila.

Donc, tout se terminait sur une note d'optimisme.

Mais il quittait Philadelphie avec plus qu'une poche déchirée, il en emportait du plomb, du sang et des chairs meurtries; c'était bien peu de chose à côté de la victoire qu'il avait remportée. Il quittait surtout Philly avec un sentiment de satisfaction d'avoir réussi le travail qu'il était venu y faire.

Son rôle était terminé, mais son passage avait été marquant et la panique s'installait à Philadelphie pour y faire son œuvre.

Une nuit faite de miracles ? Bolan secoua la tête, passa un doigt sur la balle coincée contre ses côtes. Pourtant, si. Les miracles arrivaient dès qu'on les cherchait de toutes ses forces.

Il se rendait compte aussi que la famille Angeletti allait connaître des lendemains atroces et qu'elle ne se relèverait sans doute jamais des effets de cette guerre.

Oui, quand il y pensait, il savait qu'il emportait une chose essentielle de Philadelphie. La certitude de sa propre existence.

ÉPILOGUE

Il avait franchi le Delaware en passant par le Benjamin Franklin Bridge et il roulait à vive allure vers l'autoroute du New Jersey. Le requin dévorait les kilomètres goulûment lorsqu'il entendit les nouvelles de Philadelphie à la radio. C'était presque comme un message personnel pour le guerrier affaibli : l'Exécuteur avait fait sauter la baraque, et toutes les pièces retombaient en place.

Il écouta les informations, grilla une cigarette, se laissa porter par la Maserati.

Il ne savait ni où il allait, ni ce qu'il y ferait s'il y arrivait.

Mais il était assez sûr que prochainement il allait se trouver face à un certain Don Cafu au pays.

La Sicile, à cette époque de l'année, était, paraissait-il, très belle.

Bolan commença à penser au safari qu'il pourrait effectuer dans la savane et dans la jungle qui avaient vu naître la Mafia.

Il tenait la prime que lui avait valu la tête de Cavaretta — cent dix mille dollars — et une voiture peu commune. Il connaissait l'adresse d'un gars à New York qui fournissait pour un certain prix passeport et transport.

Il connaissait également l'adresse d'un médecin new-yorkais qui recousait sans scrupules les blessures comme celles qu'il avait.

Il ne lui restait plus qu'à trouver suffisamment de forces pour aller jusqu'au bout de son aventure.

Oui, il devait faire beau en Sicile... La chasse devait être bonne...

Que lui avait dit ce jeune flic ? Ah, oui.

— *Bonne chasse.*

— Il n'a pas dit où il allait, je suppose, Doc ? demanda Gianni The Bull Torini.

Walter Bragin posa les outils de son travail, un bistouri, des pinces et une seringue dans un petit bac en métal. Tranquillement, il jeta à la poubelle deux ampoules vides d'antibiotiques et une douzaine de compresses tachées de sang avant de répondre d'une voix précise :

— Non. Il m'a payé et il est reparti. Vous avez dû le croiser dans l'escalier.

— Tu mens, Doc.

Bragin leva sur l'immense Torini un regard méprisant.

— Pourquoi faire ?

— J'sais pas, c'est ce qui m'emmerde.

Torini était un grand homme au corps massif qui paraissait presque difforme lorsque l'on observait la tête minuscule aux petits yeux méchants perchée au sommet d'un coup de taureau. Il avait abandonné ses études à l'âge de treize ans lorsque son corps avait brusquement changé car il avait instinctivement compris qu'il passerait désormais le plus clair de son temps à cogner sur la tête des autres pour le compte d'un patron moins fort mais plus futé. Par conséquent, il vouait à l'égard de tous ceux qui étaient plus instruits que lui une haine farouche et il imaginait sans cesse qu'on se moquait de sa petite tête et de son gros corps. Il n'avait pas entièrement tort. La preuve en était le regard blessant de Bragin.

D'emblée, Torini éprouva pour le médecin cette haine viscérale qui lui donnait envie de faire mal, de broyer, de couper.

— J'ai vu sa voiture, Doc. Elle était pleine de sang. A mon avis, il n'aurait pas pu repartir sans aide. C'est pour ça que je crois que tu mens.

Il avança, saisit Walter Bragin par le torse entre ses deux bras meurtriers et commença à serrer. Bragin commença à gémir involontairement, et Gianni the Bull oublia tout, se contentant de fixer le visage de Bragin à quelques centimètres du sien, perdu dans la contemplation jouissive des traits tordus par la souffrance.

Il n'entendit pas s'ouvrir la porte du cabinet de toilette, il ne vit pas l'homme à moitié nu dont la jambe était recouverte d'une bande velpeau boiter silencieusement jusqu'à lui, il n'eut pas conscience du bistouri que l'homme tenait à la main.

Mais il se rendit compte de quelque chose, très brièvement, lorsque la lame passa sous sa nuque et trancha d'un seul mouvement sa moëlle épinière. Ses yeux devinrent fixes, ses traits se relâchèrent, son corps se raidit brusquement puis il s'affaissa pesamment, mort avant d'avoir atteint le sol.

Walter Bragin leva son regard du cadavre inerte et fixa son client.

— Merci, Mr. Bolan, dit-il.

Puis il prit l'Exécuteur par le bras et l'aida à se rallonger.

Mack Bolan allait avoir besoin de repos, il était très affaibli.

Il lui faudrait du calme, pensa Bragin. Du calme et du soleil.

Bolan allait effectivement chercher le soleil. Mais quant au repos... ?

« Composition réalisée en ordinateur par IOTA »

IMPRIMÉ EN FRANCE PAR BRODARD ET TAUPIN
7, bd Romain-Rolland - Montrouge.
Usine de La Flèche, le 03-02-1977.
1635-5 - N° d'Éditeur 10295, 1er trimestre 1977.

GERARD DE VILLIERS
PRÉSENTE

ENTEBBÉ

LES SECRETS DU RAID ISRAELIEN

Voici le récit de la prodigieuse aventure du raid israélien sur Entebbe, l'histoire secrète de l'opération Tonnerre, de sa préparation à sa fantastique exécution.
Ce livre révèle tout :
- comment les terroristes s'emparèrent de l'Airbus et comment ils moururent,
- comment les otages supportèrent ces six jours d'enfer dans la vieille aérogare d'Entebbe,
- quel fut le véritable rôle d'Amin Dada et de son armée,
- comment le conflit entre le Premier ministre israélien et son ministre de la Défense faillit faire annuler le raid,
- comment trois avions "Hercules" se faufilèrent pendant 4000 km, échappant aux radars ennemis en survolant des territoires hostiles,
- comment Amin Dada reposait paisiblement dans son palais tandis que l'aéroport était en feu, les chasseurs détruits et les otages envolés.

par TONY WILLIAMSON

PLON